KB074239

난생처음 베이킹

난생처음 베이킹

1판 1쇄 발행 2022년 5월 27일
1판 2쇄 발행 2022년 6월 3일

지은이 김보미
발행인 유성권

편집장 양선우
책임편집 신혜진 **편집** 윤경선 임용옥
해외저작권 정지현 **홍보** 최예름 정가량
마케팅 김선우 강성 최성환 박혜민 김단희
제작 장재균 **물류** 김성훈 강동훈

펴낸곳 ㈜이퍼블릭
출판등록 1970년 7월 28일, 제1-170호
주소 서울시 양천구 | 목동서로 211 범문빌딩 (07995)
대표전화 02-2653-5131 | **팩스** 02-2653-2455
메일 tiramisu@epublic.co.kr
인스타그램 instagram.com/tiramisu_thebook
포스트 post.naver.com/tiramisu_thebook

티라미수 THE BOOK **은** ㈜이퍼블릭의 인문·에세이 브랜드입니다.

난생처음 베이킹

생각이 많은 날엔 빵을 구워요

김보미 지음

티라미수
THE BOOK

프롤로그

먹는 기쁨 + 만드는 기쁨
= 갓 구운 빵은 행복입니다

　질리지 않는 취미가 생겼다는 건 자랑이다. 덕분에 그
저 그런 하루에 생기와 활력이 들어찬다. 오래된 피아노
를 조율한 것처럼 일상에 반가운 긴장이 생긴다. 베이킹
을 시작한 후 후회했다. 이렇게 좋은 걸 왜 진작 하지 않
았을까, 하고.

　사랑스러운 나의 취미를 소개하면 흔히들 이런 말을
했다. "직접 만들어보면 버터와 설탕의 양에 놀라서 빵을
안 먹게 된다더라." 나는 이렇게 반박했다. "아닌데, 맛있
는 재료가 이렇게 많이 들어가니까 얼마나 맛있겠어 하
고 먹게 되던데." 나는 빵의 외면만 보고 좋아하는 얄팍한
사람이 아니란 말이다. 베이킹을 하면서 빵의 구성요소

뿐 아니라 하나의 빵과 디저트가 만들어지는 모든 과정을 사랑하게 됐다.

먹는 기쁨에 만드는 기쁨까지 나는 빵의 모든 것을 경험하면서 더 깊은 사랑에 빠졌다. 영화 <오즈의 마법사>에서 도로시가 문을 열면 흑백 세계에서 색을 입은 세계로 들어가듯 베이킹 덕분에 나의 세계가 색을 입었다.

가끔은 베이킹을 도피처 삼았다. 세상이 밀가루 반죽처럼 말랑했으면 좋겠다고 생각했다. 거칠지도 않고 뾰족하지도 않고 조물조물하는 대로 움직여주고, 나한테 야박하지도 않은 반죽 같으면 좋겠다고 생각했다. 그런 생각으로 만들면서 고민을 씻고 위로받았다. 베이킹을 하는 동안만큼은 다른 건 아무것도 생각하지 않고 비밀스러운 해방의 공간에 들어간 듯 오직 만들고 굽는 데만 마음을 쏟았다. 그 안에서 힘을 얻고 일어섰다.

한낮에 시작한 베이킹을 시간 가는 줄 모르고 즐기다가 어느 틈에 밖이 어두워졌나 놀라 후다닥 설거지와 뒷정리를 마치고 밤에는 달콤한 잠을 잤다. 그래서 힘든 시간을 지날 때는 베이킹을 더 사랑하게 되었다. 베이킹을 하는 동안 사그라든 마음의 에너지를 충전하며 버틸 힘을 모았다. 베이킹과 나는 함께 견딘 시간만큼 더 돈독한 사이가 되었다.

베이킹은 가장 솔직한 내가 있는 곳, 자유로운 해방감을 맛볼 수 있는 세계다. 감각기관이 깨어나고 정신이 맑아진다. 잠잠했던 뇌의 새로운 부분이 자극되는 것처럼 신이 난다. 베이킹 재료들의 은은한 색부터 맘에 든다. 버터의 색, 밀가루의 색, 우유와 계란의 색은 나대거나 튀지 않아 서로 섞이기 좋다. 베이킹을 할 때 손끝의 감각에 집중해서 재료의 온도와 질감을 느끼는 게 좋다. 가루 재료가 많이 들어간 반죽과 액체 재료가 많이 들어간 반죽의 차이를 느끼는 것도 즐겁다. 반죽을 조금씩 떼어 둥글리는 작업은 귀엽다. 반죽을 오븐에 넣고 기다리다가 조금씩 짙어지는 버터 향을 맡는 순간은 평화롭고 행복하다. 갓 구운 빵의 버터 향은 세상 모든 향을 이긴다.

집중해서 무언가를 만들다가 가끔은 나의 콧노래가 귀에 들린다. 내가 이렇게 즐거워하고 있구나 깨달으며 씨익 웃는다. 원하는 맛과 모양을 완성하지 못한 날에는 좋은 재료로 이렇게밖에 만들어주지 못해 미안하다며 방금 구운 아이들에게 조용히 사과한다.

"오늘은 좀 못나게 만들었지만 다음엔 잘 해드릴게."

실패해본 사람들은 안다. 잘하지 못하면서 꾸준히 좋아하는 마음으로 이어가는 게 얼마나 대단한 것인지. 나의 베이킹은 한번에 매끄럽게 밀고 나가는 법 없이 수시로 엎어지고 깨지면서 이어졌다. 성공보다 많은 실패 속에서도 애정은 시들지 않았다. 실패하면 어때. 재미있으면 됐지. 서투른 베이커는 실수를 통해 숙성되고 반성과 깨달음을 반죽하며 조금씩 느리게 성장했다. 잘할 때도 못할 때도 베이킹의 즐거움은 변질되지 않았다.

베이킹을 시작한 후로 많은 것이 달라졌다. 18리터짜리 베이킹용 오븐을 살 때는 생각지도 못했던 변화다. 돌이켜볼 때마다 그때 오븐을 사기로 결정한 나를 꽉 안아주고 싶다. 내 삶을 바꿀 중요한 물건이 될 줄 알았다면 더 좋은 걸로 살걸 그랬지.

오늘도 오븐 속에서 익어가는 쿠키를 바라보며 향긋한 버터 향에 또 반한다. 나를 여기까지 데리고 온 마법의 향기. 이 향기 때문에 이렇게 됐지. 결국.

| 차례 |

1장 BAKING

사랑하게 될 줄 알았어, 너를 처음 만난 그날에

2장 BAKING

별것 아닌 것 같지만 도움이 되는 우당탕탕 베이킹

3장 나 혼자 행복하긴 아까워서

BAKING

4장 지속 가능한 빵순이 라이프

BAKING

사랑하게 될 줄 알았어,
너를 처음 만난 그날에

치즈롤빵,

호두연유빵,

깨찰빵,

과거의 보리식빵처럼

생크림 찍어 먹는 바게트,

버터와 딸기잼 바른 토스트,

피넛버터와 함께 먹는 식빵.

어찌 보면 대단할 것 없는 빵이지만

나에겐 매일 각각의 빵에서

새로운 매력을 발견해내는 재능이 있었다.

일주일에 한 끼는
밥을 먹었다

거실에 누워 곤충에 관한 다큐멘터리를 보고 있었다. 화면에는 개미핥기가 나오고 있었고 '이름 참 노골적이고 성의 없게 지었네' 하고 생각하는데 동생이 말했다.

"만약에 우주에서 누군가 언니의 생활을 관찰하고 이름을 지어준다면 음…… 아마 개미핥기처럼 빵 핥기, 뭐 이렇게 지었겠지."

빵 핥기라니, 어딘가 듣기 거북하지만 반박할 수 없었다. 사실 그와 비슷한 말을 오랫동안 들어왔다. "네가 죽은 다음에 화장하면 밀가루가 나올 거야" 같은 말. 친구들은 나를 부르며 이름 앞에 성 대신 '빵'을 붙였다. 나는 언제부터 빵순이였을까. 아니, 빵순이라는 걸 언제 깨달았을까. 그건 아마도 운명의 보리식빵 집을 만난 열네 살 무렵인 것 같다.

요즘이야 각종 식빵 전문점이 유행이지만 20여 년 전 동네 빵집이 오로지 식빵 하나로 승부하겠다는 건 상당히 모험적이며 선구자적인 결정이었다. 시대를 앞서간 사장님의 소박한 가게에선 종일 오븐이 돌았고 언제 가도 따끈한 빵을 살 수 있었다. 입구에 들어서면 햇살을 받아 반짝이는 보리식빵이 창가 진열대에서 나를 유혹했다. 보리식빵 한 통과 생크림 하나에 2,500원. 당시 물가에 비하면 결코 싸지 않았지만 그만큼의 가치가 충분했다.

시대를 앞서간 제빵사가 있었다는 것, 그의 빵집이 하필 우리 동네로 나를 찾아왔다는 것, 내가 멋 내지 않은 그 빵집을 무심코 지나치지 않고 알아봤다는 것. 모든 것이 운명적이었다. 나는 운명을 거스르지 않고 매일 보리식빵 한 통을 생크림에 푹 찍어 먹었다. 가끔은 두 통도 먹었다. 식빵의 따뜻한 기운에 생크림이 살짝 녹을 때 입에 넣으면 입안에서 새로운 우주가 탄생하는 것 같았다. 식탁에 앉아 한 통을 순식간에 먹어치우면서 내일 또 먹어야지 다짐했다. 그 여름 보리식빵이 창조하는 우주 안

에서 나는 빵순이로서의 자아를 완전히
확립했다. 그리고 본격적으로 빵에 손
을 대기 시작했다.

막을 올린 빵순이 인생은 액셀을
밟고 아우토반을 달리는 세단처럼 거침없이 질주했다.
빵만 먹기에도 끼니가 모자랐다. 그렇다면 밥을 포기하
는 수밖에. 고등학생 빵순이는 도시락을 친구들에게 나
눠 주고 빵으로 끼니를 대신했다(엄마 미안). 특히 학교 앞
제과점의 초코빵을 많이도 사 먹었다. 원형 초코시트 사
이에 딸기잼과 생크림을 바른 후 맨 위에 고소한 크럼블
을 뿌린 빵은 식욕이 폭발하는 성장기 청소년에겐 치명
적인 맛이었다.

그날도 야간 자율학습을 시작하기 전부터 초코빵이
생각났지만 주머니에 돈이 없었다. 아니, 있었는데 없어
졌다. 이미 매점에서 국진이빵'들'을 사 먹는 데 탕진해
버렸기 때문이다. '저녁도 든든히 먹었잖아. 내일 먹으면
돼' 하고 마음을 달래봤지만 머릿속에 가득 찬 초코빵이
도무지 지워지지 않았다. 결국 참지 못하고 쉬는 시간에
엄마에게 전화를 걸었다.

"엄마, 야자 끝날 때 맞춰서 5천 원만 가져와. 교문 앞

에서 기다려, 꼭."

엄마가 이유를 물었지만 쉬는 시간이 끝났음을 알리는 종소리가 울리는 바람에 설명을 덧붙이지 못하고 급히 전화를 끊었다.

드디어 9시, 야자가 끝나자마자 교문 앞으로 숨을 헐떡이며 뛰어갔을 때 엄마는 사색이 되어 나를 기다리고 있었다. 내가 내 할 말만 하고 전화를 끊어버린 후 전화 저편에서 엄마의 불안은 걷잡을 수 없이 커지고 있었다. '혹시 못된 애들이 돈을 가져오라고 했나, 야자 중간에 전화를 할 정도면 큰일이 난 거야.'

엄마와 나는 서로 다른 조급함으로 야자시간을 보낸 것이다. "엄마, 초코빵이 먹고 싶었어. 빨리 제과점으로 가자." 예상치 못한 말에 엄마는 어이없는 한숨을 푹푹 내쉬었지만 나는 빵 맛에 취해서 엄마를 신경 쓸 여유가 없었다. 나는 그날 먹고 싶은 빵은 해가 지기 전에 반드시 먹고야 마는, 그런 빵순이로 성장하고 있었던 것이다.

"빵 좀 그만 먹어"라는 말을 듣는 횟수도 점점 늘었다. 빵을 못 먹게 하려고 엄마는 필사적으로 빵을 숨겼다. 냉장고 위, 화분 뒤, 심지어 보일러실에도 숨겼건만 그렇다고 못 찾아 먹을 내가 아니다. 강력한 의지는 모든 것을 이기는 법이다.

대학생이 된 후로는 더 다양한 빵을 더 자주 먹었다. 밥을 먹는 횟수는 더욱 줄어 일주일에 한 끼 정도 겨우 먹었다. 친구들에게 "밥 먹으러 갈래?"보다 "빵 먹으러 갈래?"라고 묻는 일이 익숙했다.

한번은 교회 청년부 목사님께서 조용히 부르셨다. '청년들의 고민과 인생 상담은 목사님 사역의 핵심이지, 하지만 나는 고민이 없는데 무슨 일이지?' 의아해하며 예배실 밖으로 목사님을 따라 나갔다. 잠시 머뭇거리시던 목사님께서 어렵게 입을 떼셨다.

"보미야, 빵 좀 그만 먹어."

전혀 예상치 못한 말이었다. 목사님께서 내가 빵 먹는 것까지 다 지켜보고 계실 줄이야. 목사님은 진지하게 나를 설득했다.

"요즘 안색이 건강해 보이지 않는데 아무래도 빵을 너무 많이 먹어서 그런 것 같다. 보미야, 빵을 당분간 좀 끊어보는 게 어떠니."

목사님 앞에서 거짓말을 할 순 없으니 끊겠다는 말은 하지 못했다. 대신 멋쩍게 웃으며 노력하겠다고 말했다.

목사님은 재차 다짐을 받아내려고 애썼지만 끝내 목사님이 원하시는 답을 하지 않았다. 이렇게 맛있는데 어떻게 끊을 수 있을까. 치즈롤빵, 호두연유빵, 깨찰빵, 과거의 보리식빵처럼 생크림 찍어 먹는 바게트, 버터와 딸기잼 바른 토스트, 피넛버터와 함께 먹는 식빵. 어찌 보면 대단할 것 없는 빵이지만 나에겐 매일 각각의 빵에서 새로운 매력을 발견해내는 재능이 있었다.

돌아보면 지금도 잊을 수 없는 어느 시절의 빵이 있다. 중학생 때 나를 사로잡은 첫사랑 같은 보리식빵처럼, 고등학생 시절의 초코빵처럼. 의도하지는 않았지만 하나둘씩 이정표 같은 빵들이 인생의 지점마다 표식을 남겼고 그 이정표를 따라 나는 더 깊은 빵의 세계로 걸어 들어가고 있었다.

도시 노동자의
긴급구호품

　용돈이 아니라 월급을 받는 입장이 되자 빵은 단순한 기호식품 이상의 의미가 되었다. 그건 생존 필수품이었다. 나의 첫 직장은 한 방송사의 시사교양국이었다. 업무의 호흡이 빠르고 밤샘이 많았고 실력과 무관하게 스트레스의 밀도도 높았다. 방송을 앞둔 일주일 동안은 신경이 예민해진 탓에 뭘 먹어도 금방 속이 더부룩해지고 쉽게 체했다. 결국 밥을 대신할 뭔가가 필요했고 방송 주간에는 늘 그걸 입에 달고 살았다. 퍽퍽한 시간을 기어올라 버틸 수 있게 해준 솔푸드는 바로 아메리카노와 함께 먹는 초콜릿 무스케이크였다.

　쌉쌀한 커피와 달콤한 초콜릿 무스가 부드럽게 식도

를 넘어 몸에 완전히 흡수되는 느낌이 들면 신기하게도 마음이 안정되고 기분이 좋아졌다. 이후로 몇 년 동안 한 달에 절반 정도는 그걸 먹고 살았지만 결코 질리지 않았다. '질리도록 먹는다'는 건 불가능했다. 처음엔 밥 대신 먹다가 나중엔 불안할 때 애착인형 끌어안듯 찾아 먹다가 대본 쓰기 전 으샤으샤 하고 싶을 때도 먹었다. 그리고 수시로 찾게 되는 그 달콤한 힘을 다양한 형태로 가까이 잡아두고 싶었다. 손을 뻗으면 닿는 곳, 바로 오른쪽 책상 서랍 두 번째 칸에. 하루 중 언제라도 긴박한 공복감과 갑작스러운 스트레스는 찾아오기 마련이고 이때를 위한 긴급구호 물품들로 서랍을 채우기 시작했다. 그곳을 열면 언제든 마들렌, 스콘, 초코쿠키, 브라우니 같은 것들이 손에 잡혔다.

이후로 몇 번 직장을 옮겼지만 어딜 가든 오른쪽 두 번째 서랍을 채우는 일은 게을리 하지 않았다. 그곳엔 늘 TPO에 맞춰 먹을 수 있는 빵과 구움과자가 채워져 있었다. 그것이 신호가 되었는지, 아니면 빵순이는 빵순이를 알아보는 것인지 어느 날 S가 다가와 말했다.

"과장님, 제 책상 서랍 맨 아래 칸에 간식 있는 거 아시죠? 저 없을 때라도 필요하면 마음껏 꺼내 드세요."

순간 나는 우리가 같은 사람이라는 걸 바로 알아챘다. '자네 빵순이인가?' 하고 서로의 정체성을 확인한 후 나의 빵 먹는 생활은 날개를 달았다. 매일 정해진 시간에 S와 함께 빵 쇼핑을 했고 '밥은 간단히, 빵은 본격적으로' 먹는 일도 서로 눈치 보지 않고 즐겼다.

언제든 함께 빵을 먹을 친구가 있다는 건 얼마나 큰 축복인가. 우리는 계절에 어울리는, 날씨에 적합한, 기분에 걸맞은 빵과 디저트를 매일 떠올렸다. S에게 "오늘은 어떤 감성이야?" 하고 묻는 건 오늘은 어떤 빵을 먹고 싶은 상태인지를 묻는 인사말이었는데, 우리는 놀랍지도 않게 언제나 서로의 감성에 맞출 수 있었다. 점심시간엔 그녀와 함께 회사 주변의 모든 빵집을 순례했고 야근하는 날엔 저녁밥 대신 그날의 '감성'에 따라 서너 군데 빵집을 돌며 배를 채우고 서랍을 채웠다. 그리고 하루 한 번 이상 꼭 서랍을 열었다. 나를 위해 또 동료들을 위해. 화장실 가는 길에 말없이 동료들 책상에 놓아주거나 복도에서 마주치면 내 자리로 잠시 데려와 손에 쥐여주기도 했다. 그중 내가 가장 사랑했고 동료들에게도 가장 많이 선물한 것이 치아바타다.

매일 12시 5분 그 집 오븐에서는 갓 구운 치아바타가 나왔다. 점심시간이 시작되자마자 출발해 빵집에 닿으면 주인이 알았다는 듯 치아바타를 내주었다. 빵 양쪽 끝을 잡고 당기면 바삭 소리를 내며 드러나는 하얀 속살에서 김이 피어났다. 따끈한 치아바타를 한 조각 떼어 먹으면, 그때가 하루 중 가장 행복한 순간이었다. "빵만 있으면 웬만한 슬픔은 이길 수 있다"는 세르반테스의 말을 치아바타를 통해 체감했다(물론 세르반테스의 의도는 그게 아니었겠지만). 특히 발사믹 식초를 섞은 올리브유에 살짝 찍어 먹으면 영혼을 어루만지는 향과 맛에 잠시 말을 잃었다.

매일 치아바타를 올리브유에 찍어 먹는 루틴 때문에 자연스럽게 사무실 책상 서랍에 아이템이 늘었다. 서랍 맨 아래 칸에 빵칼과 발사믹 식초, 올리브유가 들어왔다. 특히 빵칼은 쓸모가 많았다. 내가 산 맘모스빵, 모카빵, 바게트, 타르트를 자를 때뿐 아니라 가끔 팀에 선물로 들어오는 케이크를 자를 때도 자랑스럽게 꺼낼 수 있었다. 처음엔 서랍에서 빵칼을 꺼내는 모습에 당황하던 동료들도 종종 요긴하게 빌려 썼고 다른 팀에서 나를 찾아오기도 했다. "과장님, 빵칼 있다고 들었어요. 좀 빌려주시겠어요?" 하고 물으면 나는 뿌듯함을 감추지 않고 서랍을 열었다.

치아바타만큼 꾸준히 먹은 것이 하나 더 있다. S와 점심 식사 후 습관처럼 먹은 쿠키슈. '식후 슈'를 먹지 않으면 허전하고 찜찜해서 오후 내내 업무에 집중할 수 없었다. 나는 그걸 '뚜껑을 덮지 않은 기분'이라고 표현했다. 식후엔 반드시 슈로 위장 뚜껑을 덮어줘야 마음이 편했다. 나와 S는 꼭 하나의 슈를 사서 반씩 나눠 먹었다. 하나를 오롯이 차지할 수도 있지만 반 개만 먹을 때가 더 맛있었다. 반쪽짜리 슈를 한 입 한 입 먹을 때마다 금방 사라지는 달콤함이 아쉬워서 천천히 최선을 다해 맛을 즐겼다.

바닐라빈 폭죽이 터진 하얀 크림이 내 안에 들어오면 0.5배속으로 플레이되는 동영상처럼 미각세포들도 박자를 늦춰 크림을 영접했다. 크게 베어 물면 입안에 들어오자마자 사르르 녹아버리는 크림을 붙잡고 싶은 아쉬움과 지극한 행복이 동시에 밀려왔다. 기대와 행복, 기쁨과 아쉬움, 안정감과 안타까움의 감정을 한꺼번에 몰고 오는 슈는 점심시간이 다하도록 잔향을 남겼다.

슈의 역할은 식후 위장의 뚜껑을 닫는 것만이 아니었다. 지독한 스트레스가 폭발한 어느 날, 문을 뻥 차고 퇴근해야 마땅한 기분이었지만 야근이 기다리고 있었다. 어떻게라도 화를 날려버리고 싶었던 나는 친한 선배와 회사 앞 카레 집에서 저녁을 먹기로 하고 가장 매운 단계의 카레를 시켰다. 매운 걸로 마음을 달래려는 시도는 옳았지만 가장 매운 걸 시키지는 말았어야 했다. 카레는 받자마자 기침이 나올 만큼 매웠고 두어 숟가락 먹은 후부터는 귀가 먹먹해지고 눈앞이 조금씩 까매지면서 시야가 좁아지기 시작했다. 혀는 진작 감각을 잃었고 속이 쓰려왔다. 스트레스를 덮는 고통이었다. 결국 카레를 거의 남기고 물만 들이켜다가 사무실로 돌아가는 길, 나는 신음 소리를 내며 바닥에 주저앉고 말았다. 위벽에 누가 화살을 내리꽂는 것처럼 아파서 걷기조차 힘들었다. 놀라서 무슨 일이냐고 묻는 선배에게 나는 배를 쓸어내리며 힘없이 말했다.

　"아…… 언니, 위가 너무 아파요. 슈를 먹어야겠어요."

　선배는 잠시 머뭇거리다 답했다.

　"보미야, 슈가 먹고 싶으면 그냥 먹고 싶다고 해."

　설명(혹은 변명)할 시간도 여유도 없었다. 자꾸만 멍해지는 정신을 겨우 붙잡고 가까운 빵집에 들어가 슈를 긴급 처방했다. 충분히 오해할 만한 상황이었지만 한 가지 사실만은 분명했다. 매운 카레는 나를 위로하지 못했지만 슈는 성공했다는 것이다. 튀거나 공격적이지 않아 무엇과도 쉽게 융화되고 모든 기분과 생각을 감싸면서 보듬는 맛. 자연스럽게 스며들어 달콤하게 채워주는 맛. 나에게 꼭 필요한 맛이었다.

빵은 언제나 배신하지 않고 나를 위로했다. 다스리기 힘든 화가 올라올 때, 기분이 무겁게 가라앉을 때, 배가 고플 때, 머리 식힐 여유가 필요할 때, 자책하다 스스로가 미울 때, 그리고 위가 아파 처방이 필요할 때 늘 함께했고 어김없이 나를 치유했다. 빵 없는 회사생활이 가능하기나 했을까. 상상할 수도 없다. 그냥 맛있어서 먹던 빵이 오랜 시간에 걸쳐 내 인생에 무엇보다도 큰 의미가 되어버렸다. 그리고 더 많은 시간이 지난 후에 그 의미가 나를 어떻게 바꿔놓을지 그땐 아직 몰랐다.

빵을 찾는
도시 대탐험

직장인에게 주말을 어떻게 보내느냐는 아주 중요한 문제다. 특히 출퇴근이 도합 세 시간쯤 되는 장거리 통근자에겐 더더욱. 그렇다고 해서 주말마다 특별한 활동을 하거나 약속을 잡는 건 아니다. 보통은 익숙한 동네 카페에 앉아 있거나 가끔 친구를 만나고 쇼핑하는 뻔한 주말을 보내는데 월요일에 출근하면 꼭 같은 질문을 받는다.

"주말에 뭐 하셨어요?"

물론 진짜 궁금해서 묻는 게 아니라는 걸 알지만 질문을 받으면 특별한 에피소드를 이야기해야 할 것 같은 부담 때문에 최대한 포장을 한다. 그저 평소처럼 동생이랑 붙어 있었으면서 "가족들과 함께 보냈어요" 하고 말한다.

거짓말은 아니다. 다만 가족들과 시간을 정해 약속된 모임을 한 것처럼 보이도록 표현했을 뿐이다.

다시 돌아온 평범한 주말, 침대 위에서 뒹굴뒹굴하다가 문득 동네 빵집을 하나씩 탐방해볼까 하는 생각이 들었다. 우리 동네, 아니 우리 지역구에 내가 모르는 맛있는 빵집과 디저트숍이 있다는 건 안 될 일이다. 마땅히 나도 그 맛을 알아야 한다. 게다가 아직 남들은 모르는, 내가 처음 진가를 알아줄 감춰진 보석 같은 가게를 발견한다면 얼마나 뿌듯할까. 당장 검색으로 몇 군데 후보를 정한 후 동선을 확인하고 집을 나섰다. 반짝이는 빵과 디저트를 찾아 나서는 모험과 신비가 가득한 주말은 그렇게 시작되었다.

가벼운 운동 삼아 걸어 다니기로 했던 여정은 5천 보, 만 2천 보, 만 8천 보로 늘어나더니 급기야 만보기에 2만 5천 보를 찍고 말았다. 이것이 순례자의 길이 아니고 무엇이란 말인가. (지금도 친구들은 "빵 먹으려고 2만 5천 보씩 걷는 사람"으로 나를 이야기하곤 한다.) 한 곳에서 빵을 먹고 이동하는 사이에 적당히 소화되면 다음 빵을 먹고 또 이동하는 흐름은 더 많은 빵을 맛보기에도 유리했다. 더 많이 먹기 위해 나는 더 많이 걸었다. 운동화가 흠뻑 젖을 만큼 비가 쏟아지는 장마철에도 꿋꿋이 걸었다. 목표가 분명하니 그 정도 불편은 아무렇지 않았다. 주말에도 출근하는 사람처럼 알람을 맞추고 일어나 운동화를 신고 백팩을 메고 집을 나섰다가 해가 지면 가방을 가득 채워 돌아왔다. 주말뿐 아니라 가끔은 퇴근길에도 부지런히 다닌 덕에 우리 동네, 옆 동네, 그 옆 동네까지 내 발자국이 새겨지지 않은 빵집이 거의 없을 때쯤, 활동 범위를 넓히기로 결심했다.

신도시가 생기면 가장 먼저 들어오는 업종이 뭘까. 그 안엔 반드시 빵집이 있다. 고등학생 시절 시장을 가로질러 등교하면서 깨달은 것이 하나 있는데 시장에서 가장 먼저 문을 여는 가게가 빵집이라는 사실이다. 빵집은 어디에서든 먼저 기다리고 맞이한다(그게 자영업자들의 고된 노동이란 걸 아주 나중에야 알게 됐다). 그렇다면 나를 기다리는 곳으로 가주는 게 인지상정.

다음 탐험지는 인천에 조성 중인 거대 신도시, 송도로 정했다. 그곳에서 불을 밝히고 나를 기다릴(혹은 내가 기다리는) 디저트숍과 베이커리가 마음에 밟혀 지체할 수 없었다. 그때만 해도 송도는 조금 덜
붐비고 교통은 그만큼 불편했다. 그
럼에도 일찌감치 자리 잡은 베이커
리와 디저트숍이 옹기종기 모여 있었
고, 어느 블록에서는 30분만 걸어도 일곱 개의 가게를 거
칠 수 있을 정도였다. 송도 사람들이 빵을 좋아하거나 빵
집 주인들이 송도를 좋아하거나 둘 중 하나인 것이 분명
하다.

처음 송도로 향하는 날 지도 한 장을 손에 들었다. 앱
보다는 종이 지도에 필요한 정보를 표시해서 한 번에 보
는 편이 효율적이었기 때문이다. 최단거리 동선과 버스
노선, 배차 간격 등은 기본이고, 거점 빵집을 중심으로 동
선을 짜서 이동 중에 들를 수 있는 예비 후보들까지 모두
표시했다. 각 지점 간 거리와 이동 시간도 적었다. 그렇게
완성한 빵 지도를 들고 인적 드문 넓은 송도 블록 위를 부
지런히 걸었다. 가게에 들어서면 앞다퉈 인사하는 빵들
에게 화답하고 빵을 고르는 동안 잡생각이 사라졌다. 돌
아서면 텅 빈 지갑이 주는 상실감이 찾아오지만, 공짜 없
는 세상에서 이런 기쁨을 돈 주고 사는 게 대수냐 생각하
며 빵을 품에 안았다.

갔던 곳도 몇 번씩 다시 가서 지난번에 못 먹어본 빵을 골라 담던 어느 날, 그날도 가방 가득 빵을 채우고 버스 정류장에 서 있었다. 버스를 기다리며 주위를 둘러보는데 정류장 바로 뒤 친근하고 조금은 촌스러운 간판에 시선이 닿았다. 지나다니며 몇 번 봤지만 입구에 커다랗게 붙은 '빵'이라는 글자를 보고 내 취향은 아닐 거라는 생각에 지나쳤던 곳이다. 그날은 마침 버스 시간도 넉넉히 남았고 날도 추우니 잠시 들어가 둘러보기로 했다.

문을 열고 들어서자 순한 인상의 사장님이 손에 밀가루를 묻힌 채 작업실 밖으로 얼굴을 빼꼼히 내밀었다. "금방 나갈게요. 천천히 둘러보고 계세요" 하는 사장님 말에 천천히 매장을 둘러보며 메뉴를 살피는데 흔치 않은 재료를 사용한 빵들이 눈에 띄었다. 슬슬 '이건 그저 그런 빵집이 아닌데' 하는 느낌이 오는 순간, 코코넛빵과 눈이 마주쳤다. '엇, 설마!' 하고 유심히 코코넛빵을 바라보는데 내 마음을 읽었는지 사장님께서 큼직하게 자른 코코넛빵 한 조각을 권했다.

그 빵을 받아먹은 순간 '맙소사, 너 여기 있었구나. 우리 드디어 만났구나!' 하고 유레카를 외쳤다. 빵에서 느껴지는 맛과 향의 깊이, 사장님의 태도에서 느껴지는 진정성, 넉넉한 인심까지 모든 것이 완벽했다. 코코넛은 내 최애 재료 중 하나지만 취향을 타서 그런지 사용하는 곳이 많지 않은지라 어디서든 코코넛 메뉴를 발견하면 꼭 먹어보는 편이었다. 그런데 지금 이 순간 오랫동안 내가 알아봐주길 기다린 것 같은 코코넛빵을 마침내 발견한 것이다.

내가 조금 더 적극적인 사람이었다면 "사장님, 이 빵은 제 거예요!"라고 말했을 것이다. 남극점에 닿은 아문센의 기분, 인류 최초로 달 표면을 걸었던 닐 암스트롱의 기분을 알 것 같은 순간이었다. 그곳을 '나의 빵집'으로 정한 그날 이후 거의 매 주말 송도로 향했다. 그곳은 빵 투어의 새로운 시작점이 되었다. 코코넛빵을 포함해 가방의 절반을 '나의 빵집'에서 채우고 여유 있게 오후 빵 투어를 즐겼다. 좋아하는 빵이라서 사고 새로 나온 빵이라서 사고 못 먹어본 빵이니까 사다 보면 출발할 때 텅 비어 있던 가방이 금세 빵빵해졌다.

그렇게 모험과 신비가 가득한 주말을 보내고 돌아온 월요일엔 네버랜드에서 담아온 팅커벨의 마법가루를 꺼내듯 주말에 산 빵을 꺼내 동료들과 나눠 먹었다. 그건 나의 특별했던 주말을 증명해줄 증거이기도 했다. 그리고 이제 누군가 "주말에 뭐 하셨어요?" 하고 물어주길 은근히 기대하게 됐다. 그럼 놀라운 주말 동안의 탐험 이야기를 해줄 텐데. 그저 흐지부지 보낸 주말이 아니라 특별히 계획해서 행복하게 보낸 주말의 이야기. 그 시작은 이렇다.

"제가 주말에 2만 5천 보를 걸었어요."

지난 주말의 빵을 나눠 먹으며 시작되는 새로운 한 주, 다가올 주말 탐험 계획을 세울 생각에 벌써부터 가슴이 두근거린다. 에너지가 샘솟는다. 빵과 함께하는 주말 덕분에 일주일 전체가 특별해졌다.

같이 먹어서
더 특별한 맛

재채기와 사랑은 감출 수 없다고 했던가. 나의 사랑도 그랬다. 나는 맛있는 걸 먹고 나면 반드시 누군가와 나누고 이야기를 전하는 사람이었다. 그곳의 위치와 분위기, 사장님의 인상, 내가 먹어본 빵의 종류와 가장 좋았던 메뉴…… 가끔은 예상치 못한 자세한 설명에 웃음을 터트리는 사람도 있었다. 나의 빵 설명에는 서사가 있다고 말해주는 사람도 있었다. 그게 재미있어서 누군가는 일부러 빵을 사가지고 와서 말을 걸기도 했다.

나는 그저 이렇게 맛있는 빵이 당신 가까이에 있다는 걸 알려주고 싶을 뿐이었다. 그런 마음으로 엘리베이터에서 만난 동료들에게 방금 산 빵을 나눠 주고 업무 차 자리에 찾아오거나 피곤해 보이는 동료들에게도 나눠 주다 보니 내가 얼마나 빵을 사랑하는지 점점 더 많은 사람들이 알게 되었다.

나눠 주는 것으로는 성이 차지 않아 친구들을 빵집에 데려가기도 했다. 빵집에서 직접 내 말을 확인하고 다양한 빵을 접해보길 바랐다. 다른 데서는 그렇게 정성스러운 소문을 내면서도 가게 사장님 앞에서는 절대 티 내지 않는 수줍은 단골이었는데 사실은 티를 낼 필요가 없었다. 사장님들이 먼저 알아챘기 때문이다. (역시 사랑은 감출 수 없다.) 혼자 오다가, 친구를 하나 데려오더니, 또 다른 친구를 데려오고, 떼를 지어 오고, 거의 매일 오는 손님을 기억 못 하기도 어려웠을 것이다.

한번은 단골 빵집에 갓 입사한 신입직원을 데리고 갔다가 본의 아니게 빵순이라는 걸 들킨 적도 있다. 사장님께서 "또 오셨네요? 오전에도 오셨잖아요"라고 반겨주셨기 때문이다. 신입직원이 '하루에 두 번씩이나 빵집에 가면서 처음인 척하는 이상한 사람'이라고 생각할까 봐 신경이 쓰였다. 맛있는 빵을 먹으려고 오전에도 오후에도 빵집에 가는 애정. 그걸 어떻게 감출 수 있을까?

조금 머쓱할 때도 있지만 취향이 분명하다는 건 유익

한 점이 더 많다. 낯선 사람들과 쉽게 친해지는 소재가 되기도 하고, 단골집 문을 열고 들어서면 다정하게 반겨주는 사장님 덕분에 잠시 행복해질 수도 있다. 누군가를 만날 땐 특별한 장소를 준비한 듯한 정성을 보일 수 있다는 것도 좋다. "○○에서 약속 있는데 혹시 맛있는 카페가 있을까요?" 같은 질문을 받을 때 기꺼이 몇 군데를 추천할 수 있는 것도 좋다. 그중 가장 좋은 건 역시 함께하는 사람들과 특별한 기억을 만들 수 있다는 것이다.

몇 해 전 종로에서 회사를 다닐 때, 우리 팀 막내로 들어온 T군은 빵의 세계를 거의 모르는 상태였다. T군과 처음 단둘이 점심을 먹은 날, 자연스럽게 "디저트는 내가 살게요" 하며 그를 단골 빵집으로 안내했다. 예전 신입직원과의 빵집 사건 이후 나는 최대한 자연스럽게 취향을 드러내려고 노력했고 이번에도 그랬다. 그리고 도착한 단골 빵집에서 T군에게 무심한 척 툭 한마디 던졌다.

"여기는 크루아상이 맛있어요. 프랑스 정부 인증을 받은 AOP 버터를 쓰거든요."

그런데 T군이 뜻밖의 질문을 했다.

"크루아상이 뭐예요?"

맙소사! 크루아상을 모르다니. 조심스럽게 취향을 알리려고 했는데, 크루아상을 모른다는 말에 평정심을 잃고 말았다. 빵에 대해서는 하얀 도화지 같은 T에게 이 맛있고 아름다운 세계를 빨리 알려주고 싶었다. 그리고 손가락으로 쇼케이스를 가리키며 말했다.

"이거, 이렇게 소라처럼 예쁘게 말린 빵이 크루아상이에요. 크루아상은 버터가 특히 중요하거든요."

"아하, 이 빵 이름이 크루아상이구나. 먹어본 적은 있어요."

내가 권한 초코 크루아상을 먹고 그날 T는 스물여섯 나이에 비로소 빵의 세상에 눈을 떴다. T가 크루아상을 한 입 물자마자 내가 물었다.

"버터의 풍미가 느껴져요?"

"와, 그동안 제가 먹은 건 크루아상이 아니에요. 이게 바로 제 인생의 첫 번째 크루아상입니다!"

"(그렇지! 앞으로 오랫동안 오늘 두 손으로 고이 받쳐 들고 먹은 초코 크루아상을 기억하게 될 거예요.) 맛있게 먹으니 기분 좋아요."

한 입씩 먹을 때마다 감탄하는 모습에 뿌듯해진 나는

내친김에 아끼는 에클레어 가게까지 가보기로 했다. "광화문에 왔다면 이 에클레어를 먹지 않을 수 없죠"라는 말에 T는 은근히 기대하는 눈치였다. 에클레어는 T가 난생처음 만나는 디저트였다. 방금 초코를 먹었으니 이번엔 플레인을 권했고 T는 에클레어에 첫눈에 반해버렸다. 사무실로 돌아오는 내내 감탄했고 내 설명 덕에 맛이 더 화려해지는 것 같다고 했다. 내가 마치 빵 도슨트 같다고도 했다.

T는 학습이 빠른 편이었다. 크루아상을 먹고 한 달이채 되지 않아 쇼케이스의 쿠키슈를 보면서 맛을 상상하고 감상할 줄 알게 되었다. 빵에 대한 애정도 빠르게 깊어졌다. 점심 식사 후엔 디저트로 '뚜껑을 덮는' 루틴에 자연스럽게 합류했고 내가 권하는 베이커리 류에 절대적인 신뢰를 보였다. 하루는 "제가 입사 후 배운 모든 것 중가장 참된 지식은 보미 님께 배운 빵집 정보입니다" 하고말해 나를 감동시키기도 했다. 내가 좋아하는 걸 누군가좋아하게 되는 과정을 보면서 내 안에서도 새로운 기쁨이 무럭무럭 자라났다.

가끔은 내가 소개해주는 빵을 먹다가 적극적으로 빵

투어를 같이하고 싶다는 사람들도 있었다. 반가운 말이지만 그럴 때면 진심인지 그냥 해보는 말인지, 걸어 다니며 먹고 또 걸어서 이동하고 또 먹는 일정이 정말 괜찮은지 확인했다. 하루에 케이크 한 조각이면 충분하다고 생각하는 사람도 있으니까. 결과적으로는 다행스럽게 진심인 친구들이 많았다. 빵이 궁금하기도 하지만 새로운 즐거움이 필요한 듯했다.

　우리는 함께 영등포, 연남동, 연희동, 망원동, 잠실, 강남구청역 인근을 걸었다. 혼자 다니던 길을 같이 걸으니 처음인 듯 새로웠다. 각 장소마다 내가 이 집 빵을 좋아하는 이유와 그에 얽힌 이야기를 풀어놓으면 흥미롭게 귀를 기울이는 덕에 더 신이 났다. 잠시 낯선 나라를 여행하는 기분으로 빵과 디저트를 먹으며 시간을 보내다가 빵을 한 아름 안고 헤어지는 하루는 서로에게 각자의 의미로 특별했다. 지루한 일상에 선물한 이벤트 같달까. 내가 좋아하는 빵을 내가 좋아하는 사람도 좋아해주는 기억은 낡지 않는 추억이 되었고 그들과 함께 내 빵의 세계도 풍성해졌다. 혼자 즐길 때보다 함께 나눌 때, 경험의 향기는 몇 배로 진해졌다.

그저 초콜릿 타르트를
원했을 뿐

좋아하면 오랫동안 유심히 보게 된다. 관심의 크기만큼 보이는 것도 궁금한 것도 많기 때문이다. 디저트숍이나 빵집 쇼케이스 앞에 오래 머무는 이유다. 진열된 아이들과 하나하나 눈을 맞추며 재료의 질감과 모양부터 천천히 살핀다. 어떤 재료를 사용했는지, 어느 나라 제품을 썼는지, 다른 집과 무엇이 다른지 감상하느라 진열대 앞에 멈춰 있는 시간이 길어진다.

매일 가는 단골집에서도 마찬가지다. "늘 보는 건데 또 봐?" 하고 묻는 사람도 있지만 늘 본다고 다 같은 게 아니다. 신 메뉴가 나오기도 하고 익숙한 것들도 어제와 오늘이 다르다. 겉모습을 감상한 후엔 제품 이름 아래에 작은

글씨로 적힌 재료들을 가지고 머릿속에서 만드는 상상을
한다. 과정을 상상하면 만드는 이의 수고와 노력이 그려
져 맛이 더 풍부하게 느껴진다.

하지만 머릿속 베이킹 작업실만 바쁘게 돌렸지, 현실
베이킹은 아직 한 번도 시도해보지 않은 상태였다. 언젠
가 하겠지만 그게 지금은 아니라고 생각했다. 그렇게 알
수 없는 미래로 기회를 미뤄두고 있던 차에, 어느날 친구
가 요리학원 무료 수강권 이벤트에 당첨됐다며 혹시 베
이킹 원데이 클래스에 함께 가지 않겠느냐고 물었다. 부
담 없이 베이킹을 체험할 수 있고 수업 후엔 타르트도 한
판 가져갈 수 있는데 이런 기회를 놓칠 수야 없지. 당연히
단번에 오케이 했고 나는 '진저 초콜릿 타르트 만들기' 수
업을 선택했다. 머릿속에서 수없이 시뮬레이션했던 작업
을 현실 세계에서 펼쳐 보일 때가 된 것이다. 글로 배운
것도 아니고 상상으로 배운 베이킹이 심어준 맥락 없는
자신감을 빵빵하게 채우고 드디어 나의 첫 번째 베이킹
체험이 시작되었다.

강의는 선생님의 설명과 시연, 실습으로 진행됐다. 먼
저 레시피를 쭉 훑으며 선생님이 설명을 시작했고 나는

최대한 자세히 선생님의 말을 받아 적었다. 선생님은 알려주고 싶은 게 많아서인지 빨리 퇴근하고 싶어서인지 말이 빠른 편이었고 점점 놓치는 말이 많아지면서 어느 순간 나는 한 박자씩 느리게 레시피를 따라가고 있었다. 낯선 표현들이 섞여 있어서, 가끔은 무슨 말을 쓰고 있는지도 모르고 무작정 받아 적었다. 아등바등 적긴 적는데 정작 중요한 건 놓치고 있는 것 같았다. '벌써 이러면 안 되는데' 하고 곁눈질해보니 나 빼고는 모두 여유로워 보였다.

설명을 마친 선생님은 바로 시연에 들어갔다. 그리고 설명을 제대로 따라가지 못한 것 같았던 불안은 이내 사라졌다. 별거 아닌데 말로 풀어서 설명하니 괜히 어려워 보인 것뿐이었다. 막상 만드는 걸 보니 자신감이 다시 솟아났고 오히려 '저 정도는 너무 쉬운 거 아닌가' 하는 생각마저 들었다. 선생님은 준비해둔 타르트 생지를 몇 번 만지더니 얇게 펴서 틀에 올리고 순식간에 초콜릿 가나슈까지 완성해 주르륵 부었다. 그리고 신호를 보냈다.

"자, 쉽죠? 처음이신 분들도 잘 따라 할 수 있어요. 걱정하지 마세요. 제가 돌아다니면서 봐드릴 거예요."

내 앞에도 타르트 생지 덩어리가 놓였고 나는 선생님

의 손놀림을 최대한 비슷하게 흉내 내며 작업을 시작했다. 그동안 선생님은 수강생들 사이를 다니며 계속 강조했다.

"생지는 온도에 민감해서 오래 만질수록 버터가 녹아 작업하기 어려워요. 버터가 녹기 전에 빠르게 작업을 마쳐야 합니다."

과연 그랬다. 몇 번 만지지도 않았는데, 아직 반죽을 다 펴지도 못했는데 내 생지는 곤란한 상태가 되어버렸다. 찢어지다 못해 너덜너덜해졌고 수습하려고 다시 뭉쳐 조몰락거릴수록 버터가 더 많이 녹아 손바닥은 기름범벅이 됐다. 몇 번 그 과정을 반복하는 동안 불쌍한 생지는 '날 그만 놓아줘' 하고 힘없이 축 늘어져 내가 감당할 수 있는 수준을 넘어서버렸다. 주변에서는 벌써 생지를 매끈하게 펴서 틀에 올리고 가나슈까지 만들고 있는데 나만 왜 이러는 건지 당황스러웠다. 아무래도 처음부터 상태가 좋지 않은 생지를 받은 것이 분명하다. 마침내 돌아올 수 없는 강을 건넌 생지를 툭 떨구며 나직이 탄식했다.

"아……. 나는 안 되나 봐. 틀렸어. 이건 안 되겠어."

그때 선생님의 목소리가 들렸다. 포기하려는 학생을 다독이는 능숙한 말투였다.

"어머, 아니에요. 한 대여섯 번만 하면 누구나 잘할 수 있어요."

"(네? 대여섯 번이면 50~60만 원을 내고서야 저는 겨우 타르트 하나를 만들 수 있다는 뜻이잖아요. 남들은 한 번에 해내는 그걸 말이에요.) 아, 많이 배워야 하는구나……, 그래도 전 아닌 거 같아요."

선생님은 신속하게 생지를 살리기 위한 응급조치를 시작했다. 동시에 죽어가는 수강생의 의욕을 살리기 위한 격려도 잊지 않았다.

"괜찮아요. 실수할 수 있어요. 제가 도와드리면 금방 모양을 잡을 수 있어요."

반죽을 끝낸 학생들이 죽어가는 생지가 살아나는 모습을 구경하기 위해 내 작업대 주위로 모여들었다. 마치 예수님의 기적을 보기 위해 운집한 사람들 같았다. 선생님은 자신 있다는 표정이었지만 나는 이미 결과를 알고 있었다. 잠시 후, 선생님은 당황하며 점점 말수가 줄더니 결국 하얀 손수건을 흔들었다.

"아, 어떡하지. 이건 안 되겠는데."

생지를 살려내지 못했다는 사실에 자존심이 상한 듯 망설이던 선생님은 머뭇거리며 새로운 생지를 꺼냈다. 그리고 나에게 작업을 맡기는 대신 직접 시연 때와 같이 빠른 손놀림으로 타르트지를 완성했다. 나에게 맡겼다가는 다시 참사가 일어날 거라고 확신한 게 분명했다. 말로는 실수일 뿐이고 누구나 잘할 수 있다고 했지만 그게 빈말이라는 걸 선생님의 행동이 말해주고 있었다. 덕분에 나는 친절과 도움만으로도 좌절을 경험할 수 있다는 걸 깨달았다. 어쨌거나 두 번째 생지는 무사히 타르트지가 되었고 선생님은 안도하며 자리를 떠났다.

타르트지 작업 후, 초콜릿 크림을 녹여 붓는 건 베이킹이라고 할 것도 없을 만큼 간단해서 전혀 성취감이 없었다. 마음속에는 실패한 타르트지가 계속 남아 있을 뿐이었다. '왜 나만 실패했을까? 나 말고 몇 명은 더 있었겠지? 강의실이 넓어서 내가 못 본 건지도 몰라.'

찝찝한 구석이 있었지만 타르트는 완성됐고 내 것도 다른 타르트와 똑같이 그럴싸하고 맛있어 보였다. 다만 이걸 내가 만든 타르트라고 부를 수는 없었다. 가장 중요한 작업은 선생님이 다 해버렸고 나는 가나슈를 붓는 일만 했으니까. 이런 공허함을 원한 게 아니었는데, 몇 시간 전 자신감에 차올라 있던 내가 부끄러웠다. 좋아한다고 잘하는 건 아니라는 사실만 새삼스레 깨달았다. 쇼케이스 앞에서 아무리 상상 베이킹을 한들 아무런 도움이 되지 못했다. 나는 베이킹에 관심 없는 사람도 쉽게 만드는 타르트조차 완성하지 못한 초라한 패배자일 뿐이었다.

친구가 찍어준 사진 속의 나는 내 것이 아닌 타르트를 들고 어색하게 웃고 있다. 웃음이 쓰다. 상징적인 첫 베이킹이 이렇게 엉망이 되어버리다니. 다행인 것은 그럼에도 불구하고 빵에 대한 내 사랑은 전혀 흔들림이 없다는 사실이다. 그래도 당분간 초콜릿 타르트는 먹고 싶지 않다.

나를 망치러 온
나의 구원자

　구성작가로 입봉한 첫해는 허우적거리며 살았다. 숨차게 이어지는 방송 스케줄에 멱살 잡혀 끌려가면서 '이번 방송만 끝내면 그만둬야 하나' 하는 마음으로 매 방송의 고비를 넘겼다. 아무래도 나는 재능이 없는 것 같았고 이 일을 계속하는 게 맞는지 헷갈렸다. 당시 팀장님이 술자리에서 하신 말씀이 있다. 방송은 확신범들만 하는 거라고. 긴가민가하면 아닌 거라고. 그러니까 나는 아닌 거다. 선배들은 말할 것도 없고 비슷하게 시작한 동료들도 차근차근 성장해가는데 나만 제자리에서 엎치락뒤치락 헤매는 것 같았다.

　한 달에 두 편만 대본을 써도 1년이면 스물네 편인데

새해 목표를 고작 '올해는 정말 좋은 대본 세 편만 써보자'로 잡을 만큼 자신감이 없었고 확신은 더더욱 없었다. 그러니 마음이 자꾸 쪼그라들어 방송 주간에는 예민한 위가 항상 탈이 났다. 밥을 먹으면 더부룩하고 소화가 안 되는데 그렇다고 뭘 안 먹을 순 없고. 위를 자극하지 않으면서도 공복과 기분을 함께 채워줄 뭔가가 필요하던 그때, 나를 구원해준 것이 바로 초콜릿 무스케이크였다.

초콜릿 무스케이크 한 조각과 진한 아메리카노 한 잔이면 불안한 마음이 진정되고 따뜻한 욕조에 들어간 듯이 긴장이 풀렸다. 이번엔 썩 괜찮은 대본을 쓸 수 있을 것 같다는 자신감도 회복했다. 그렇게 점심, 저녁을 케이크에 의지해서 방송 주간을 넘기고 다시 다음 방송을 맞이했다.

밥벌이를 하다 보니 누구나 그렇듯 일과 사람에 시달리며 심신이 고달픈 시기를 여러 번 겪었다. 지금도 가끔 꿈에 나오는 지독한 일도 있었는데 다행스러운 건 그럴 때마다 상처에 바르는 연고 같은 빵과 디저트가 곁에 있었다는 것이다. 우리는 고된 시간을 함께 견디며 더욱 돈독한 사이가 되었다. 답 없이 이견만 오가는 마라톤 회의 후에는 총총히 걸어가 피낭시에를 사고 연달아 야근하는 밤에는 진하고 부드러운 치즈케이크를 밥 대신 선택했다. 특별한 일이 없어도 나른하게 에너지가 떨어지는 오후 3시가 되면 뱃속에서 알람이 울렸다. 그럴 때면 '바람이나 쐴까?' 하고 자신을 속이며 회사 밖으로 나갔고 내 발은 김유신의 말처럼 나를 빵집에 데려다놓았다. 그렇게 일주일이 각종 빵과 디저트로 가득 채워졌다.

지갑이 열리는 곳에 마음이 있다면 내 마음은 언제나 진심으로 빵과 디저트에 있었다. 밥벌이의 괴로움이 심해질수록 지갑은 더 크게 열렸다. 작고 소중한 월급을 더 소중한 것을 사는 데 썼다. 하루 한 번(솔직히 두 번 세 번쯤) 빵을 사면 숨통을 트였고 그걸 먹으면서 마음을 다독였다. 빵과 함께하는 순간은 회사도 잊고 나를 괴롭히는 그들도 잠시 잊을 수 있었다. 혀끝에 빵이 닿는 순간 온종일 짓눌렸던 고민의 무게는 저절로 사라지고 빵과 나만의 우주로 순간 이동한 듯 행복했다. 내가 사 먹는 건 그냥 빵이 아니라 천국의 한 조각이었다.

사실 천국의 한 조각만 산 것은 아니었다. 내가 산 걸 다 모으면 천국의 한 지역구 정도는 될 것 같다. 빵집에서 빵을 하나만 사는 사람이 있을까. 한 아름이 기본이지. 다 먹지 못할 걸 알면서도 빵을 가득 담아 품에 안으면 느껴지는 만족, 포근함, 따뜻함과 평화. 나는 이런 것들을 샀다고 믿었다. 나의 빵 메이트와 자주 주고받은 말이 있다.

"세상이 나를 속이고 사람이 배신해도 영원히 변치 않는 참사랑 세 가지가 있다면 그건 엄마의 사랑, 버터와 밀가루의 사랑, 강아지의 사랑일 거야."

그러니 어떻게 빵을 사지 않을 수 있을까. 사랑 그 자체인 빵을 산 후에는 그 사랑을 나눴다. 1층 로비에서부터 사무실 내 자리로 돌아가기까지 만나는 동료에게 하나씩 빵을 꺼내 주며 봉투를 비웠다. (아무에게나 나눠 준 것은 아니다. 내 스트레스에 조금이라도 지분이 있는 사람에겐 허투루 빵을 낭비하지 않았다.) 가끔은 샀던 빵을 다 나눠 주고 빈손이 되었다. 그렇게 먹을 빵, 나눠 줄 빵까지 사다 보니 점점 더 많은 빵을 사게 되었다.

퇴근길이나 주말에 산 빵은 가족들과 나눠 먹었는데 언제나 산 것을 모두 내놓지는 않았다. 다 내놓지 않는 첫 번째 경우는 나눌 만큼 훌륭하지 않은 빵을 산 날이다. 물론 내게는 모든 빵이 맛있다. 세상에 맛없는 빵은 없으니까. 맛있는 빵과 더 맛있는 빵이 있을 뿐. 나는 편의점 빵도 제과 명장님의 빵도 각자의 매력으로 맛있게 먹을 수 있지만 사람들이 다 나 같은 건 아니니까 자체 검열을 통해 거르는 빵이 있었다.

　두 번째 경우는 너무 많이 산 걸 들키고 싶지 않은 날인데, 그런 날은 적당히 거실에 꺼내놓고 나머지는 방에 들고 와서 혼자 먹었다. 벌컥 문이 열리고 빵을 입에 문 채 눈이 마주치는 민망한 상황을 피하기 위해 빵을 먹기 전에는 꼼꼼하게 문단속을 했다. 노크 소리가 들리면 재빨리 침대 밑으로 빵을 밀어 넣고 입가를 털어낸 후 문을 열었다. 노크 소리가 들린 후 문을 열기까지 몇 초 안 되는 시간 동안 민첩하게 움직였고 방 안에서 일어난 일은 완벽한 비밀이었다. 분명…… 그런 줄로만 알았다. 그런데 가족들은 이미 모든 걸 알고 있었다. 거실에 앉아 있으면 방 안에서 요란하게 빵 봉지 바스락거리는 소리가 나는 데다 방문을 열면 진한 빵 냄새가 풍겨왔기 때문이다. 냄새를 지독하게 못 맡는 나만 그걸 모르고 태연한 척 연기를 했다. 그리고 문밖에서는 이런 대화가 오갔다고 한다.

"그렇게 먹고 방에서 또 먹어?"

"그냥 모른 척해줘. 회사에서 스트레스를 많이 받나 봐. 저렇게라도 풀게 둬."

가족들의 아름다운 배려로 나는 '몰래' 빵을 먹어왔던 것이다. 평소에도 많이 먹었지만 퇴사를 할까 말까 고민하던 1~2년 사이에는 빵을 사는 횟수도 먹는 양도 급격히 늘어났다. 머릿속에서 누군가 담배를 피운 것처럼 정신이 부옇게 뒤죽박죽일 때면 약국을 찾듯 빵집으로 향했다. 하얀 밀가루와 크림이 긁힌 마음에 바르는 치료제 같았다.

가끔 엄마가 "또 빵 샀어? 그만 먹어"라고 하면 자격지심에 발끈해서 "이렇게 힘들게 일해서 돈 버는데 빵도 못 먹어? 명품 가방을 사는 것도 아니고 술독에 빠져 사는 것도 아닌데 이것도 못 해?" 하고 큰소리를 냈다. 그건 내가 빵을 살 때마다 스스로에게 하는 말이기도 했다. 누구나 삶에 사치품 하나쯤 두고 살아야 힘을 얻는다고 생각한다. 생필품만으로는 삶이 퍽퍽하니까 가끔은 삶에 기름칠을 해줄 사치품이 필요한데 나는 달콤한 빵과 디저트로 사치를 부렸다. 그런 생각으로 정당성을 부여하며 빵 소비를 이어가던 어느 날, 예견되어 있던 비극이 찾아왔다.

비극의 주인공은 당연히 카드 명세서. 맙소사! 빵 값으로 한 달에 50만 원 가까운 돈을 쓰고야 만 것이다. 내가 그렇게 많은 빵을 샀다는 게 믿기지 않았다. 이 충격적인 사실은 오직 한 사람, 빵 메이트에게만 몰래 털어났다. 그녀도 나와 사정이 비슷했기 때문이다. 늘 함께 빵을 샀으니 당연하다. 믿고 싶지 않은 카드 값을 대면한 우리는 마주 앉아 서로의 죄(?)를 고백했다. 알면서도 모르는 척 내일이 없는 사람들처럼 먹고 샀던 날들을 참회했다.

'이렇게는 안 된다. 정신을 차려야지. 빵 먹다 파산할 순 없다.'

매번 다음 달엔 절약해보겠노라 다짐하면서 정작 아무 노력도 하지 않은 과거를 반성했다. 그리고 실천 가능한 대안을 마련했다. 이제 빵 값은 월 20만 원을 넘기지 말 것. 서로 함부로 꼬드기지도 말 것. 하지만 여전히 오후 3시가 되면 뱃속 알람이 눈치 없이 울리고 이미 빵 먹는 삶에 길들여진 나는 몇 개월간 반성과 결심 사이를 무의미하게 오가다가 마침내 오랫동안 미뤄왔던 일을 떠올렸다.

'이럴 바에야 그냥 만들어 먹자. 만들어 먹으면 사 먹

는 것보다 돈을 아낄 수 있겠지.'

　오랫동안 마음에 품고 있었지만 선뜻 시작하지 못했던 홈 베이킹을 마침내 나에게 허락한 것이다.

베이킹을 위한
침대

시그널이다. 생일 선물로 베이킹 레시피북을 받았다. 그것도 내가 관심 있게 지켜보는 파티시에의 레시피북이다. 그 친구는 빵순이도 아닌데 어떻게 알고 골랐을까. 책을 받는 순간 더 이상 미룰 수 없다고 생각했다. 오븐을 살 때가 된 것이다. 당장 모델을 정하기 위한 자료조사에 착수했다. 첫 오븐인 만큼 정보수집에도 신중을 기했다. 그럴듯하게 포장된 상품평과 자랑, 합리화 속에서 진짜 정보를 가려냈고 홈 베이킹 경험이 있는 빵 메이트의 도움을 받아 몇 가지 오븐의 발열, 작동 방식, 크기, 색깔 등을 비교한 끝에 드디어 보름 만에 오븐 모델을 결정했다.

이제 마지막 문제만 해결하면 마침내 오븐과 만날 수

있다. 바로 오븐 둘 자리를 마련하는 일. 그건 그동안 오븐을 사지 못했던 가장 큰 이유이기도 했다. 주방에 오븐을 들이기 위해서는 그 공간을 장악하고 있는 엄마의 협조가 반드시 필요한데 이제껏 엄마를 설득하는 데 실패했던 것이다.

엄마의 관리 아래 있는 주방은 황학동 구제시장보다 어지럽다. 정리도 재능이라면 그쪽으론 영 재능이 없는 맥시멀리스트 엄마의 주방에서 내 자리를 주장하기란 쉽지 않은 도전이다. 엄마의 협조에 따라 내가 받을 수 있는 공간의 크기가 달라지고, 그건 오븐의 크기를 결정하는 문제이기 때문에 전략적인 접근이 필요했다. 이미 여러 번 "오븐 사야 하는데, 도통 둘 데가 없네. 오븐을 빨리 사야 되는데"라고 다 들리는 혼잣말을 해봤지만 엄마는 '이상한 혼잣말을 참 크게도 하네' 하는 표정이었다. 그건 '베이킹용 오븐 따위를 위해 주방을 정리하는 일은 결코 없을 것이다'라는 뜻이었다.

조언을 구하기 위해 이번에도 나와 같은 경험을 한 적 있는 빵 메이트를 찾아갔다. 경험이란 이렇게 쓸모가 많다. 정리를 모르고 사는 엄마 때문에 오븐을 사지 못하는 친구의 고민에도 적극적으로 개입할 수 있다. 그녀는 내 방에 오븐을 두고 작업물은 거실에서 말리는 방법을 제안했다. 왜 그 생각을 못 했지! 콜럼버스의 달걀 같은 해결책에 무릎을 쳤다.

그날 퇴근 후 천천히 방을 둘러봤다. 하지만 내 방 사정도 여의치 않기는 마찬가지였다. 가장 먼저 눈에 들어온 건 포화상태로 쌓여 있는 책들이었다. '오븐이라니! 우리 먼저 해결해라. 책장 없이 방치하는 것도 모자라 종이와 상극인 불을 품은 오븐이라니!' 하고 항의한다. 하지만 주방을 차지하지 못한 오븐도 물러설 곳이 없다. 결단을 내리고 방 구조조정에 들어가야 한다.

우선 15년 된 행거를 철거하기로 했다. 실행은 빨랐다. 주말에 바로 쇼핑몰에서 행거를 대체할 수납장을 주문했다. 갑작스러웠지만 망설임 없이 카드를 긁을 땐 묘한 쾌감마저 들었다. 인간은 쇼핑할 때 비로소 존재의 기쁨을 확인할 수 있는 것이다. 게다가 혼자 결정해서 가구를 사다니, 익숙한 듯 자연스럽게 어른스러운 일을 하는 내가 대견했다(별게 다 어른스럽게 느껴지고 그렇다). 가구를 주문한 후 방 일부를 정리했다. 그래도 아직 오븐 자리는 없다. 아무리 생각해봐도 각이 안 나온다. 그렇게 일주일간 머릿속에서 아기 손바닥만 한 방을 수백 번 뒤엎고 가구와 물건으로 테트리스를 한 결과, 마침내 묘수를 찾아냈다. 침대, 침대를 새로 사면 된다!

넉넉한 수납공간이 딸린 침대를 새로 사서 침대 아래 이것저것 때려 넣자. 다음엔 책장을 사자. 쌓아 올린 책의 무게를 버티느라 상판이 휘어버린 협탁을 좋은 곳으로 보내주고 날씬하고 길쭉한 책장을 사면 된다. 그렇게 생긴 여유 공간에 수납박스를 몇 개 쌓고 상판을 올리면, 마침내 그 위에 오븐을 둘 수 있다. 계획대로만 실행하면 초여름이 오기 전에 마침내 첫 오븐을 품에 안을 수 있을 것이다. 그러면 열기를 감당하기 힘드니 여름 내내 오븐은 켜지도 못하고 먼지만 닦다가 가을이 되겠지. 예상하자면 대대적인 방 정리를 하고 그로부터 8~9개월 후에야 베이킹을 시작할 수 있다는 계산이 나온다. 베이킹이란 게 원래 이렇게 어려운 것이었나. 가족 간 협의를 거치고 가구를 바꾸고 계절이 지나가길 기다려야 하다니. 베이킹은 인내라는 것을 오븐을 사기도 전에 배운다.

이 모든 계획을 실행하기 전, 마지막으로 엄마를 찔러봤다. 가구를 바꾸고 오븐을 들이는 계획을 설명하면 "오븐 자리 때문에 그렇게까지 일을 크게 벌인단 말이야? 엄마가 그냥 주방 정리해서 자리 하나 만들어줄게"라고 할 줄 알았는데, 엄마는 "그래, 주방엔 자리가 없다니까" 하고 대화를 끝내버렸다. 혹시는 역시였다.

결국 계획대로 방 구조조정에 들어갔다. 다행인 것은 방을 정리하면서 예상보다 많은 물건을 버렸고 약간의 여유 공간이 생겨 책장까지 살 필요는 없어졌다는 것이다. 불행인지 다행인지 이후로도 일은 계획대로 되지 않았다. 대대적인 방 정리 후 침대를 사버렸지만 결국 오븐이 안착한 곳은 주방과 내 방 사이의 복도 한쪽이었다. 알 수 없는 짐들이 쌓여 있던 자리가 어느 날 말끔해진 것이다. 함부로 정리하는 사람이 아닌데 엄마가 무슨 바람이 불어 그 자리만 정리했는지는 모르겠지만, 덕분에 굽고 식히는 일을 한 공간에서 해결할 수 있게 되었으니 잘된 일이었다. 행거를 버리고 수납장과 침대를 새로 사기 전에 그 자리가 생겼다면 수고와 비용을 아낄 수 있었을 텐데. 하지만 이렇게 꿈틀거리며 애쓴 노력들이 모여 마침내 인생 첫 오븐을 갖게 된 것이라고 생각을 정리했다.

오븐이 도착하는 날, 드디어 이뤘다는 성취감에 가슴이 벅차올랐다. 오븐을 쓰다듬으며 결의를 다졌다. '이제

됐다! 앞으로 내가 얼마나 멋진 것들을 구워내는지 보여
주겠어.'

어리석게도 그땐 오븐을 장만한 기쁨에 취해 한 치 앞
을 내다보지 못했다. 오븐을 사기 위한 고군분투는 시작
일 뿐이었다. 왜 예상하지 못했을까. 베이킹을 하려면 어
마어마하게 많은 도구와 재료가 필요하고 그 모든 걸 보
관할 더 크고 넓은 공간이 필요하다는 사실을. 그리고 엄
마가 운영권을 꽉 쥐고 있는 냉장고 안에 재료를 보관할
자리를 얻어내야만 한다는 사실을.

고작 18리터짜리 오븐 하나가 삶을 이렇게 바꿀 줄은 몰랐다. 퇴근 후 무언가를 굽고 정리까지 마치면 자정이 가까워지지만 전혀 피곤하지 않았다. 그건 힘이 드는 일이 아니라 힘이 생기는 일이었다. 본격적으로 하루를 다시 시작하는 느낌이랄까.

오븐을 사고도 첫 베이킹을 하기까지는 시간이 좀 걸렸다. 오븐 빼고 아무것도 없었기 때문이다. 급한 대로 온라인 쇼핑몰에서 당장 필요한 것만 주문할 생각이었는데 그게 수십 개였다. 크기별 믹싱볼, 재료 소분용 용기, 보관 용기, 온도계, 거품기, 핸드믹서, 스크래퍼, 스패출러, 테플론 시트, 식힘망, 유산지, 강력분, 박력분, 중력분, 버터, 백설탕, 황설탕, 생크림 등등 순식간에 장바구니가 꽉 찼다. 그렇게 새로운 쇼핑의 세계를 맞이했다. 더 편한 베이킹 생활을 지원해준다는 명목으로 파는 (사실상 별로 필요 없을 것이 뻔한) 신기한 도구들이 왜 이렇게 많은지. 보면 욕심나고 그게 있으면 정말로 실력이 쑥쑥 늘 것 같고, 설명을 읽다 보면 쉽게 설득당했다. 뭐에 홀린 사람처럼 쇼핑 개미지옥에 빠져 있다가 도리질 치며 정신을 차렸다.

도구를 고르면서 왜 사람들이 첫 베이킹은 쿠키부터 시작하는지 저절로 깨달았다. 필요한 도구와 재료가 가장 적은 메뉴이기 때문이다. 나도 대세를 따라 쿠키를 먼저 굽기로 했다. 그렇다면 어떤 맛 쿠키를 구울 것인가. 머릿속에 후보들이 순서대로 입장한다. 두구두구두구두구. 영광스러운 첫 번째 베이킹의 주인공은 녹차쿠키! 메뉴도 정했으니 이제 정말로 필요한 장비와 재료를 골라낼 차례다. 장바구니에 담은 135가지 중 녹차쿠키를 만들기 위해 필요한 것들을 모아 결제했다.

배송을 기다리는 동안 녹차쿠키 레시피와 베이킹 후기를 검색했다. 사진으로 식감과 맛을 추측해보고 내 취향에 가까워 보이는 레시피를 모았다. 해외 레시피도 찾아봤지만 계량이 맘에 들지 않았다. 정확하게 몇 그램을 넣으면 되는지 알려주면 좋을 텐데 "한 컵 넣으세요"라고 하면 그때부터 당황스럽다. 버터 한 컵은 어떻게 계량하지? 버터를 잘라 넣었을 때 생기는 빈틈은 어쩌지? 빈틈이 안 생기는 가루 계량도 헷갈리긴 마찬가지다. 누르는 힘에 따라 담기는 양이 다르기 때문이다. 대충 푹 떠서 한 컵인지, 한번 꾹 눌러 담은 한 컵인지, 어떻게 담아도 그 정도 오차는 괜찮다는 뜻인지 알 수가 없었다. 계량 도구 없이 쉽게 따라 하라는 의도로 컵 계량을 알려주는 것 같았지만 계량 도구의 필요성만 깨닫게 되었다. 그리고 다음번 주문을 위해 장바구니에 계량컵과 계량스푼, 미량계를 추가했다.

드디어 물건이 도착했고 오븐, 재료, 도구, 마음가짐까지 모든 준비가 끝났다. 오늘은 내 손에서 첫 번째 녹차 쿠키가 탄생하는 상징적인 날인 만큼 시작부터 끝까지 모든 과정을 감성이 흘러넘치는 사진으로 남기기로 했다. 대충 놓은 듯하지만 멋스러운 구도로 자리 잡은 재료, 자연스럽고 우아하게 재료를 다루는 나 자신, 은은하게 쏟아지는 빛을 받아 더욱 먹음직스럽게 보이는 쿠키를 찍을 계획이었지만 이번에도 맘대로 되는 건 없었다(익숙하다, 이런 일).

비효율적으로 펼쳐놓은 재료들은 쓸데없이 자리를 많이 차지했고 나는 재료에 완전히 포위된 채 어정쩡하게 움직여야 했다. 주방 바닥에는 계란, 버터, 밀가루가 뒤엉켜 있고 믹싱볼 안팎으로 반죽이 지저분하게 들러붙어 있다. 심지어 계란을 까도 꼭 껍데기 조각이 같이 빠져서 다시 건져내야 했다. 버터와 설탕을 함께 넣고 핸드믹서를 강하게 돌리면 버터가 사방으로 튄다는 것도 알게 되었다. 왜 이런 건 아무도 알려주지 않았을까? 첫 베이킹 신고식 같은 걸까? 나만큼 너도 당해봐라 하는 심정으로 일부러 알려주지 않는 걸까?

이런 상황이다 보니 어느 각도에서 카메라를 대도 우아하고 깔끔한 사진은 연출할 수 없었다. 조명이라도 그럴싸하면 포장이 좀 되련만 우리 집 주방 조명엔 낭만이 없다. 카메라 렌즈로 바라보니 한숨만 나온다. 사진은 포기해야겠다. 과정이 매끄럽지 않았지만 어쨌든 쿠키 반죽을 완성했고 드디어 오븐을 개시할 차례다. 제대로 굽기만 하면 이제까지의 어설픈 실수는 다 덮을 수 있다. 결과만 잘 나오면 되는 거지, 뭐.

마지막 희망을 걸고 오븐에 반죽을 넣고 나니 오븐 앞을 떠날 수가 없었다. 반죽이 익어가는 모습을 한순간도 놓치기 싫어 그 앞에 턱을 괴고 앉아 지켜보면서 '내 새끼 예쁘게 잘 익어라' 하는 응원을 보냈다. 빵집이나 디저트 숍에서 가장 기분 좋은 순간은 문을 열고 들어서자마자 따뜻한 버터 향이 확 풍겨올 때다. 맡는 순간 오븐에서 나오는 게 무엇이든 반드시 사게 만드는 마법의 향기. 집에서 베이킹을 하니 원할 때면 언제든 그 향을 맡을 수 있게 되었다. 성공하든 실패하든 오븐에 들어간 반죽은 반드시 한 번은 향긋한 버터 향을 풍기니 이 얼마나 행복한 일인가. 지금 오븐 속에서 익어가는 내 쿠키 반죽도 마법의 버터 향을 풍기고 있다. 그 바람에 '어머, 잘되려나 봐' 하는 착각을 하고 말았다.

드디어 쿠키가 오븐 밖으로 나오는 순간. 맑고 선명한 녹색을 기대했건만 갈색과 녹색이 섞여 오묘하게 탁한 쿠키가 나왔다. 밀가루는 익으면 갈색이 된다는 당연한 사실을 왜 짐작하지 못했을까. 그동안 왜 내가 원하는 깨끗한 녹색 구움과자와 빵을 찾기 어려웠는지 구워본 후에야 비로소 알게 되었다. 첫 번째 쿠키는 나쁘지도 그렇다고 인상적이지도 않았지만 제법 먹을 만한 맛이 났다. 쿠키를 하나씩 맛보면서 엄마가 왜 항상 본인이 만든 요리가 제일 맛있다고 하는지도 이해했다. 그건 수고의 맛 때문이었다. 썩 훌륭하지 않더라도 나의 시간과 애정이 들어간 쿠키가 내 입에 더 맛있게 느껴지는 건 당연한 일이다. 게다가 '바로 구운' 것들은 언제나 비교 우위일 수밖에 없다. 웬만하면 맛없기 힘든 밀가루, 설탕, 버터의 조합을 바로 구워서 먹는 데다 수고의 맛까지 더해졌으니 맛을 평가한다는 것 자체가 무의미했다.

첫 번째 쿠키 베이킹을 성공도 실패도 아닌 애매한 상태로 마쳤지만 마음으로는 '실패하지 않은 것만으로도 성공이야' 하고 합격점을 줬다. 그러고 나니 이번엔 원하는 대로 과감하게 재료를 넣어 도전적인 쿠키를 만들어보고 싶어졌다. '혹시 그러다가 엉뚱하게 멋진 쿠키가 탄생할지도 몰라' 하는 염치없는 기대도 했다. 초콜릿케이크를 만들려다가 실수로 베이킹파우더를 빠뜨려서 탄생한 브라우니처럼, 초콜릿 그릇에 실수로 우유를 쏟는 바람에 탄생한 가나슈처럼, 나의 우연한 실수나 과감한 계량이 놀라운 결과를 가져올지도 모르잖아? 하지만 역시 역사에 기록된 것들에는 다 이유가 있다. 특별하게 기록될 만큼 드문 일이기 때문이다. 아무렇게나 넣고 싶은 대로 재료를 뒤죽박죽 섞어버리는 건 '망한 쿠키'를 만들겠다는 시도일 뿐이었다. 그래도 레시피를 함부로 건드리면 안 된다는 교훈을 얻었으니 아주 망했다고 볼 수만은 없다. 레시피에 적힌 모든 재료가 다 각각의 역할을 하고 있다는 걸 배웠으니 괜찮다.

종합적으로 첫 번째 홈 베이킹에 대한 자체 평가는 별 다섯 개다. 내 손으로 새로운 뭔가를 탄생시킨다는 것, 원하는 맛을 뜻대로 만들 수 있다는 건 해리포터의 마법 지팡이를 손에 쥔 것처럼 흥분되는 일이었다. 그중에서 가장 좋은 건 베이킹을 하는 동안은 아무 생각 없이 오로지 베이킹에만 집중할 수 있다는 것이다. 시계를 보지 않고도 몇 시간을 보내는 건 몇 년 만에 처음 있는 일이었다. 은희경 작가님의《행복한 사람은 시계를 보지 않는다》라는 소설 제목이 참이라면 그날 나는 분명 행복했다.

하지만 얻는 게 있으면 잃는 것도 있는 법이지. 이렇게 사 먹느니 만들면서 돈을 아껴보자던 계획은 완전히 망했다. 베이킹 재료와 도구를 사는 비용도 만만치 않은 데

다 홈 베이킹을 시작했다고 해서 빵을 안 사 먹는 것도 아니었다. 결국 먹는 데도 돈을 쓰고 만드는 데도 돈을 쓰고, 지출은 두 배가 되었다. 벌써 다음 달에 사고 싶은 게 장바구니에 꽉 찼다. 열심히 일해서 돈을 벌어야 할 이유가 하나 더 늘었다. 그래도 얻는 기쁨이 훨씬 크니까 괜찮다. 직접 만들어보면 질려서 빵을 싫어하게 된다는 속설과 달리 나는 빵과 디저트를 더 사랑하게 되었다. 만들 때부터 완성할 때까지 모든 과정이 만족스러운(설거지는 빼고) 완벽한 취미가 이것 말고 또 있을까? 그렇게 베이킹은 내 삶의 한가운데로 쑥 들어왔다.

2장
BAKING

별것 아닌 것 같지만
도움이 되는 우당탕탕 베이킹

케이크 아이싱이
어제보다 오늘 더 매끈할 때,
크림의 휘핑 정도를 딱 알맞게 잡아서
발림성이 좋게 느껴질 때,
쿠키 반죽이 어제보다 차지게 손에 붙을 때나
반죽의 마블링이 유난히 맘에 들 때,
이렇게 나만 느끼는 사소한
성취감 때문에 즐거운 순간이 늘어났다.
그럴 때면 내가
어제보다 조금 더 나은 사람이 된 것 같은
생각마저 들었다.

애정을 증명하는
방법

　나의 오래된 병은 배우고 싶다는 생각만 하고 무엇도 제대로 배우지 않는다는 것이다. 이를테면 교회 청년부 언니가 연주하는 모습이 멋있어서 끌렸던 클래식 기타, 소리가 아름다워서 혹했던 플루트, 한 곡쯤은 악보 없이 연주하고 싶었던 피아노, 온갖 스트레스가 풀릴 것 같은 드럼, 소리도 모양도 귀여운 우쿨렐레. 그 외에도 드로잉, 목공, 서예, 꽃꽂이 등 배우고 싶은 게 많았지만 실행에 옮기기 전에 다른 이유들이 치고 들어왔다. 귀찮아서, 피곤해서, 이번 달엔 바빠서, 클래스 정보를 찾아보다가 이리 재고 저리 재느라 지쳐서, 혹은 우리 동네에 마땅한 클래스가 없어서, 갖가지 핑계로 결국은 배우지 못했다.

개중에 몇 가지 시도해본 것이 있기는 하다. 시도만 해봤다. 헬스클럽은 등록한 첫날이 마지막 날이 되었고, 어학원은 두 번 나가고 흥미를 잃었다. (애초에 이런 것들이 재미있을 리가 없는데 왜 등록했담.) 기타는 두 달 동안 기본 코드를 연습하다가 손끝만 까지고 그만뒀다. 기타보다 쉬울 것 같아 낙원상가에서 산 10만 원짜리 우쿨렐레는 한 달 만에 침대 아래에 밀어 넣어버렸다. 꾸준한 취미가 될 만한 무언가를 배우고 싶은 마음보다 게으름과 귀찮음, 그리고 빨리 질려버리는 마음이 늘 더 강력했다.

그 유구한 회피와 싫증의 힘겨루기 속에서 유일하게 나를 움직인 것이 바로 베이킹이다. 배우겠다고 생각하자마자 각종 핑계를 다 제치고 당장 실행에 옮겼다. 모든 핑계를 이긴 단 한 가지 이유는 답답함이었다. 외인구단처럼 얽매이지 않고 자유로운 베이킹을 해보려 했지만 그것도 뭔가를 갖춘 사람이나 가능한 일이었다. 백지상태인 초보에겐 동영상이나 인터넷 정보만으로는 해결할 수 없는 궁금증이 끝없이 솟아났고 책에 나온 설명은 행간에 생략된 내용이 너무 많았다.

결국 '좋아, 제대로 배워보자. 클래스로 간다!' 하고 관심 있게 지켜보던 클래스에 문의했다. 지난 초콜릿 타르트 클래스를 떠올리며 이번엔 2:1 밀착 강의를 선택했다. 선생님이 모든 과정에서 눈을 떼지 않고 지켜봐주셔야 실수도 사고도 없을 테니까.

그렇게 선택한 수업은 마카롱 클래스였다. 요즘은 K-마카롱이라 할 만큼 대중적인 디저트지만 그때만 해도 마카롱을 모르는 사람도 많았고 심지어 "그런 걸 무슨 맛으로 먹어? 너무 달아" 하는 사람도 적지 않았다. '진정한 마카롱이 뭔지 모르는 사람들 같으니라고. 내가 제대로 배워서 진짜 마카롱 맛을 보여줄 테다' 하는 다부진 포부와, '초콜릿 타르트 때처럼 선생님이 '대여섯 번 배우면 할 수 있을 거예요'라고 말하는 상황이 되면 어쩌지' 하는 걱정을 동시에 품고 클래스에 들어갔다. 그날은 현직 카페 사장님과 함께 수업을 듣게 되었고, 아이스브레이킹을 하면 반드시 나오는 질문을 그날도 받았다.

"왜 배우러 오셨어요?"

"제가 먹으려고요."

내 대답에 선생님과 카페 사장님이 동시에 '오잉?' 하는 표정으로 나를 쳐다봤고 나는 '왜요? 먹으려고 배우는 사람은 처음인가요?' 하는 표정으로 응수했다. 오잉 표정을 풀고 카페 사장님이 말했다.

"신기하네요. 저는 디저트 싫어해요. 카페에서 팔려고 그냥 배우는 거예요. 다른 카페에 가도 디저트는 안 먹어요."

이번엔 내가 오잉 표정이 되었다. 어떻게 디저트를 싫어할 수 있지. 좋아하지 않을 수는 있지만 어떻게 싫어할 수 있을까? 그런데 싫어하는 걸 판다고? 싫어하는 걸 만들어 팔아야 하는 마음이 이해되지 않으면서도 이해되는 묘한 기분이었다.

어색한 분위기를 깨지 못한 어색한 대화가 끝나고 수업이 시작되었다. 이번에도 수업 시작과 동시에 부지런히 필기했다. 선생님의 모든 말이 땅에 떨어지지 않고 노트 위에 떨어지도록 주워 담았다. 내 손이 내 머리를 얼마나 불신하는지 새삼 느꼈다. 신체 부위 사이에 이렇게 믿음이 없어서야. 씁쓸하다고 해야 할지 서로 단점을 보완하고 있으니 다행이라고 해야 할지 모르겠다.

수강생이 코앞에서 뭘 열심히 적으면 어떤 선생님은 기특해하며 신이 나서 더 많이 설명해주지만 어떤 선생님은 껄끄러워하기도 한다. 영업 비밀 캐내러 온 스파이

보듯 유심히 보는데 '선생님, 오해하지 마세요. 저는 머리를 믿는 못하는 손을 가졌을 뿐이에요'라고 변명할 수도 없고, 그저 선생님 눈치를 보며 최대한 선한 표정을 지어 보일 수밖에 없다. 내 기억력이 조금만 더 애써줬더라면 손도 고생하지 않고 선생님의 오해도 사지 않았을 텐데.

손이 바쁘게 일하는 동안 눈도 바쁘다. 선생님의 시연을 보면서 선생님이 쓰는 도구들도 잘 봐둬야 한다. 수업에서 사용하는 것 외에 공방에 진열된 물건까지도 열심히 힐끗거린다. (대놓고 봐도 되는데 왜 힐끗거렸을까. 그래서 오해를 샀던 걸까.) 선생님이 쓰는 건 다 좋아 보이고 그걸 쓰면 나도 잘 만들 수 있을 것 같으니까 브랜드명을 적어둔다. 눈과 손이 각자의 역할을 하는 동안 시연이 끝났고 드디어 실습이 시작되었다.

디저트를 싫어하는 카페 사장님은 능숙하게 만드시는 반면, 나는 선생님의 관심과 지도를 독차지했다. 언제쯤 '역시 계획대로 되었군' 하는 말을 할 수 있을까. '이번에도 실패할 계획이었어'라고 할 순 없잖아. 어쨌든 소규모 수업을 선택한 건 잘한 일이었다. 작은 실수도 선생님이 바로 수정해주고, 궁금한 건 지체 없이 물어볼 수 있으니 다행스러운 선택이었다. 무엇보다 새로운 지식과 기술을 배우는 게 즐거웠다. 모르는 걸 전혀 부끄러워할 필요 없이 질문할 수 있다는 게 좋았다. 전혀 익숙하지 않은 세계를 알아가는 기쁨에 가슴이 두근거렸다.

"자, 이번 단계에서 이렇게 마카로나쥬를 해주는 게 핵심이에요. 이 과정이 조금 어려운데 연습이 많이 필요할 거예요."

마카롱 꼬끄 반죽을 볼 벽에 잘 펴주는 작업을 하면서 선생님은 수시로 연습을 많이 해야 한다고 강조하셨다. "대여섯 번만 배우면 잘할 수 있어요"보다 듣기 좋은 표현이었다. 나만 못하는 게 아니라 누구나 연습이 필요한 과정이라고 하니 마음이 편했다. 평균에 속했다는 안도감이랄까.

몇 시간 동안 거의 선생님의 마리오네트가 되어 만들긴 했지만 망친 것 하나 없이 그럭저럭 볼 만한 마카롱 스물네 개를 완성해냈다. 완성된 모양새가 균일하지 않고 꼬끄 덮인 모양이나 크림 짠 모양도 엉성하지만 실패가 없으니 그것만으로 충분했다. 무사히 수업을 마친 스스로가 대견했다. 베이킹 클래스는 자랑으로 완성되는 법, "어머 예쁘다", "이걸 네가 직접 했다고? 대단해" 등의 칭찬을 듣고 싶은 유치한 마음이 훤히 드러나는 사진을 친구들에게 보냈다. 내 의도를 간파한 친구들도 적극적으로 듣기 좋은 말을 해주었다.

좋아하면 잘하고 싶다. 이번엔 지난번보다 더 예쁘게 먹음직스럽게, 무엇보다 맛있게 만들고 싶다. 허둥거리지 않고 능숙한 솜씨로 안정감 있게 해내고 싶다. 나처럼 서툰 사람이 그런 단계에 이르려면 남들보다 몇 배 더 노력해야 한다는 걸 알고 있다. 그건 남들보다 더 많은 시간을 들여야 한다는 뜻이고, 시간과 노력이 기꺼울 만큼 진심으로 좋아해야 한다는 뜻이다. 나는 더 많은 시간을 들일 준비가 충분히 되어 있었다. 모든 핑계를 제치고 시간을 낼 만큼 베이킹을 좋아하고 있으니까. 일주일 만에 덮어버린 태국어 첫걸음 교재나, 기타, 우쿨렐레처럼 포기하지 않을 자신이 있었다.

마카롱 클래스를 마친 후 오늘 가장 수고한 손을 위해 핸드크림을 듬뿍 발라주며 앞으로 한 달에 한 번쯤은 베이킹 클래스를 신청하기로 마음먹었다. 배우는 것도 좋고, 내가 무엇을 잘못하고 있는지 발견하는 것도 좋지만 무엇보다도 베이킹 클래스를 들으면 본격적으로 취미를 즐기는 것 같아서 좋다. 뭔가에 몰입하고 있다는 걸 스스로에게 증명하는 것 같아서 뿌듯하다. 다음 클래스에서 배우고 싶은 게 벌써 서너 가지 떠오른다.

냄새를 잃은
베이커

    유년 시절부터 함께한 비염으로 인해 나의 후각은 거의 제 기능을 못 하고 있다. 후각이 약하면 곤란한 일이 많다. 화장품 가게에서 점원이 "고객님, 이 제품은 향이 은은해서 인기가 많아요. 한번 맡아보세요" 하면 퍽 난감하다. '은은해서는 제가 냄새를 맡을 수가 없어요' 하고 생각하지만 태연한 척 냄새 맡는 시늉을 한다. 동생은 나란히 앉아 TV를 보다가 "어차피 냄새도 못 맡잖아" 하고 뿡뿡 방귀를 뀌기도 한다. 대놓고 기만하는 건 불쾌하지만 정말로 냄새를 맡을 수 없으니 반박할 수도 없다.

    그보다 나쁜 경우도 있다. 언젠가 퇴근 후 저녁을 먹으려고 주방에 들어가니 가스레인지 위에 새로 한 동태찌

개가 보였다. '왜 아무도 안 먹었지?' 하고 찌개와 함께 밥 한 그릇을 비우는 동안 동생과 엄마가 유난히 부담스럽게 나를 지켜봤다. 그리고 식사를 끝내자마자 엄마가 찌개 냄비를 들어 그대로 버리는 게 아닌가.

"새 건데 왜 버려?"

"응, 상한 거 같아."

"뭐? 근데 왜 말 안 했어. 나 먹는 거 왜 그냥 보기만 했어?"

"너는 잘 먹길래, 괜찮은 거 같아서."

먹는 동안 빤히 쳐다본 건 상한 걸 먹고도 괜찮은지 구경한 것이었다. 가족끼리 이래도 되는 걸까. 누군가 말해주지 않으면 상한 음식을 피하기가 쉽지 않다. 그렇게 쉰 옥수수, 상한 소시지와 우유 같은 걸 먹고도 멀쩡하게 살고 있다는 게 감사하다.

내가 남들보다 험난한 베이킹을 하는 이유도 다 취약한 후각 때문이다. 모든 요리의 세계는 냄새와 긴밀하게 연결되어 있고 후각은 미각과도 영향을 주고받는 사이니까.

불안한 후각은 온도 변화가 급격한 미니오븐을 만나 새로운 불행을 탄생시켰다. 내가 산 가정용 미니오븐은 온도를 안정적으로 잡기가 어려운 편이었다. 팬을 넣으려고 오븐 문을 열면 잠깐 사이에 온도가 뚝 떨어지고 굽는 시간을 조금만 넘겨도 원하는 온도 이상으로 훅 뜨거워졌다. 레시피에 나온 굽기 온도와도 잘 맞지 않아 뭔가를 만들 때마다 내 오븐에 맞는 굽기 온도를 찾아내야 했다. 이때 반죽이 적당히 구워졌는지 판별할 수 있는 첫 번째 기준이 바로 냄새다. 냄새. 곤란하다.

아무리 킁킁거려도 냄새로는 알 수가 없다. 반죽을 태우고 오버쿡 하기를 얼마나 많이 반복했던지. 가끔 오븐에 반죽을 넣고 타이머 맞추는 걸 깜빡하면 참사가 벌어진다. 동생이 방문을 벌컥 열고 나와 "언니, 완전히 타는 냄새가 나잖아" 하고 말해준 후에야 오븐을 열어보면 까맣게 타버린 반죽이 나를 원망하며 울고 있다. "이렇게 냄새가 나는데 어떻게 모를 수 있지?" 동생이 고개를 절레절레 젓는다. 그걸 몰라서 가장 답답하고 곤란한 사람이 누구겠니.

후각이 약한 빵순이는 필연적으로 향이 진한 재료를 좋아한다. 그중에서도 녹차, 코코넛, 얼그레이는 내가 가장 좋아하는 재료인데, 어딜 가든 이 세 가지로 만든 디저트가 있으면 꼭 맛보는 편이다. 하지만 그렇게 자주 먹어도 내 마음에 꼭 드는 걸 만나기는 어렵다. 내 코에는 닿지 못할 만큼 향이 흐릿하거나, 설탕의 단맛에 눌려 재료 맛이 느껴지지 않는 경우가 많았다. 하지만 마음에 쏙 드는 걸 만나지 못한 게 꼭 후각 탓만은 아닐 거라 생각했다. 분명 재료를 더 넣으면 원하는 맛이 날 것만 같았다. 그런 아쉬움이 들 때마다 언젠가 직접 만들게 되면 재료를 원 없이 넣어보겠다고 다짐했다. 후각과 미각 모두 충만해지는 맛을 꼭 경험하고 싶었다. '내 코에 향이 충분히 느껴진다는 건 그만큼 맛이 진하다는 뜻이니까 얼마나 맛있겠어' 하며 진한 향기와 깊은 맛에 취하는 황홀한 상상을 했다.

신의 빵순이는 베이킹을 시작하자마자 생각했던 바를 실행했다. 첫 홈 베이킹 주인공이었던 녹차쿠키를 이후로도 여러 번 연습했으니 오늘은 그토록 원하던 '꿈의 녹차쿠키'를 완성하기로 했다. 이런 날을 얼마나 기다렸던가. 재료 본연의 맛이 살아 있는 쿠키를 제대로 구현해보겠다는 각오로 재료를 아낌없이 넣었다(이런저런 이유로 '레시피 대로' 하는 건 언제나 힘들다). 처음엔 녹차 가루를 레시피보다 1그램씩 추가하며 향을 확인하다가 결국 성에 차지 않아 '에이, 좋은 재료잖아. 많이 넣으면 맛도 진하고 좋지' 하고 주르륵 부어버렸다. 완성된 쿠키에서 향이 코끝에 진하게 날아왔다.

'이게 바로 녹차쿠키지. 이렇게 진한 쿠키는 처음일 거야' 하고 의기양양해하며 가족들에게 시식을 권했다. 분명 예상했던 반응이 있었는데, 모두들 한 입 먹더니 쿠키를 내려놓았다.

"음, 이건 못 먹어. 갖다 버려."

"아윽, 그냥 녹차 가루를 씹어 먹는 기분이야."

'버리라고? 그 정도야? 왜 이렇게들 맛에 빡빡하게 굴지?' 갸우뚱하며 나도 하나 먹어본다. 먹을수록 입안이 마른다. 색깔도 충분히, 냄새도 충분히, 맛도 충분히 내고 싶었던 것뿐인데 욕심이 과해서 일을 망치고 말았다. 결국 쿠키 하나를 꾸역꾸역 씹어 먹고 내가 틀렸다는 걸 인정했다. '녹차 가루는 주르륵 부으면 안 되는 거구나.'

하지만 교훈은 쉽게 학습되지 않는다. 즐겨 먹던 코코넛로쉐를 만들던 날, 코코넛 향이 풍부하게 느껴질 때까지 코코넛 가루를 욕심껏 넣어버린 것이다. 그리고 이번엔 다 굽기도 전에 망했다는 걸 알았다. 굽기 시작한 지 얼마 되지도 않았는데 코코넛의 유분 때문에 오븐 팬 위에 깐 유산지가 흥건해지고 있었다. 향에 의존해서, 특히 내 코를 믿고 재료를 넣으면 안 된다는 뻔한 교훈을 이렇게 반복되는 실패로 몸에 새긴다.

아무래도 성공적인 베이킹을 위해서는 내 단점을 보완해줄 조력자가 필요했다. 이럴 때 남들보다 일곱 배쯤 예민한 후각을 가진 혈육이 있다는 게 참 다행이다. 신께서 나를 만들 때 깜빡한 후각을 동생에게 몰아준 것이 분명하다. 가끔은 옷에 밴 냄새로 누굴 만나고 왔는지 알아차릴 정도로 동생은 후각이 예민하다. 미각과 후각은 함께 가는 게 확실하다. 내 미각은 평균 이하로 둔하고, 동생의 미각은 유독 예민하니까. 한번은 밀크티를 마시면서 "맛의 기승전결이 없네"라고 하길래 무슨 뜻이냐고 물었더니 "말하면 알아?" 하고 나를 무시했다.

동생은 냄새와 맛으로 나를 가장 무시하는 사람이지만 베이킹을 할 때는 어쩔 수 없이 가장 믿을 구석이 된다. 반죽이 제대로 익었는지, 적절한 굽기로 구워졌는지, 맛이 충분히 나는지, 재료 배합은 괜찮은지 모두 동생의 확인이 있어야 안심이 된다. 모든 걸 혼자 힘으로 해내고 싶지만, 내 감각기관이 영 협조를 안 해준다. 그래도 많이 굽다 보면 동생 없이도 할 수 있게 될 거라 믿는다. 타고난 걸 훈련으로 이길 수도 있다고 하니까. 나는 그저 남들보다 조금 더 많이 실패하고 경험할 시간이 필요할 뿐이다. 보통 사람들에게 통하는 1만 시간의 법칙이 나에게는 3만 시간의 법칙이 되는 것뿐이라고 생각하자. 그런데 1만 시간도 긴데 3만 시간이라니, 조금 피곤하긴 하다.

실력이 서툴러서, 냄새를 못 맡아서, 자꾸만 남들보다 더 많이 연습해야 하는 이유가 늘어간다. 남들보다 유리한 건 없을까? 내세울 건 그저 빵을 사랑하는 마음 하나뿐인가? 안타깝게도 아직은 그렇다. 장점은 앞으로 차차 발견해보지, 뭐. 그것도 오래하다 보면 찾게 되겠지.

멈춰야 할 때
멈추지 못하는 이유

"힘을 빼세요."

"선생님, 그게 잘 안 돼요."

"그렇죠? 힘을 빼는 게 어렵죠? 익숙해지려면 시간이 필요해요."

베이킹 클래스를 들으면 꼭 힘을 빼라는 말을 들었다. 손에 힘이 잔뜩 들어가 있다는 걸 선생님이 말해주기 전에는 의식하지 못했고, 선생님이 아무리 말을 해도 힘을 빼기가 쉽지 않았다. 스패출러든 핸드믹서든 가볍게 쥐고 부드럽게 움직여야 하는데(그래야 폼도 나는데) 작업을 하다 보면 나도 모르게 어깨부터 손끝까지 힘이 잔뜩 들어갔다. 그 바람에 재료들이 힘에 밀려 믹싱볼을 탈출하기도 했다. 가끔은(사실은 자주) 믹싱볼마저 손을 벗어나 우당탕탕 여기저기 부딪히다 홀랑 뒤집어졌다. 힘을 빼자고 아무리 마음먹어도 긴장하거나 집중하면 나도 모르게 힘이 들어갔다. 내가 하는 게 홈 베이킹이 아니라 힘 베이킹인가 싶을 만큼 힘을 빼기가 어려웠다. 선생님 말씀대로 시간이 많이 필요할 것 같았다.

적당히를 모르는 건 그뿐이 아니었다. 시간도 오버하기 일쑤였다. 레시피에 적힌 시간만큼 반죽하고 멈춰야 하는데, 인심 후한 가게 주인처럼 '조금 더, 조금 더' 하면서 30초, 1분, 2분 시간을 늘렸다. 더 오래 잡고 있는다고 좋은 반죽이 나오는 게 아닌데, 오히려 반죽이 물러지고 퍼져서 못쓰게 되는 경우가 많은데 그 버릇을 고치기가 어려웠다. 적당히를 모르고 힘을 줘 반죽하고 오버해서 치댄 걸 오븐에 넣은 뒤에는 또 오버해서 구웠다.

오븐 앞에 붙어 실시간으로 반죽의 상태를 예민하게 살피면서도 쓸데없이 시간 인심을 썼다. '겉은 다 익어 보여도 속이 덜 익었을지도 모르잖아', '나는 바삭해도 좋으니까 조금만 더 구울까', '내 오븐은 작으니까 조금 더 오래 구워볼까(오븐이 작은 것과 오래 굽는 게 무슨 상관이람)' 등등의 이유를 대며 결국은 멈춰야 할 때를 한참 지나 반죽을 망쳤다. 선을 지키는 베이킹을 하자고 아무리 스스로 다그쳐도 버릇은 쉽게 고쳐지지 않았다.

너무 오래, 너무 많이. 문제는 늘 이 두 가지에서 시작된다. 피해를 보는 건 도구와 반죽만이 아니다. 힘을 주다가 삐끗해서 여기저기 베이고 까지고 데는 일도 비일비재하다. 몸 성할 날 없이 상처가 쌓였다. 상처의 상태로 사고 발생 시기를 짐작할 수 있을 정도다. 이건 몇 주 전에 쿠키 굽다가 생긴 거, 이건 어제 칼에 베인 거, 이건 두 달 전에 오븐에 덴 거. 몸에 새긴 사고의 연대기랄까.

힘을 빼고 오버하지 않는 게 왜 이토록 어려운지 오래 생각했다. 내가 찾은 답은 '내가 나를 믿지 못해서'였다. 확실히 했다는 믿음, 틀리지 않고 제대로 하고 있다는 확신이 없어서 자꾸 '조금 더'를 생각했다. 그건 베이킹에만 국한된 문제는 아니었다. 일을 할 때도 대체로 그랬다. 나를 믿지 못했다.

자신이 없어서 힘을 주고 무언가를 더하는 버릇. 일할 때는 그게 어느 정도 통하기도 했다. 첫 사회생활을 하면서는 하루 세 끼를 모두 회사에서 해결했다. 서투르고 부족한 실력을 노력의 양으로 채웠다. 남들보다 재능이 부족하니 성실을 재능 삼았다. 그런데 그 습관이 잘못 들어 뭐든 넘치게 하려는 버릇이 붙어버린 것이다.

회사에서는 '조금 더', '한 번 더'가 장점이 되기도 했지만 베이킹에서는 한 번에 딱 적당히 하는 게 중요했다. 베이킹을 하면서 자기확신 없이 하는 일은 쉽게 망가진다는 걸 눈으로 직접 확인했다. 결국 힘을 빼고 오버하지 않는 건 나와의 신뢰를 쌓아가는 일이기도 한 것이다.

'지난번에 이렇게 했으니까 이번에도 그때처럼 하면 돼'라는 경험에서 나오는 믿음도 필요했다. 과거의 성공이 늘 미래의 성공을 보장하지는 않지만 적어도 최소한의 믿음은 가지고 가야 한다. 선생님이 "힘을 빼는 게 어렵죠? 시간이 필요해요"라고 말한 건 나를 믿고 경험을 쌓으면서 자신에 대한 신뢰를 다지는 시간이 필요하다는 의미였을지 모른다. 멈춰야 할 때를 아는 좋은 베이커가 되기 위해, 성공의 경험을 위해, 나를 좀 더 믿어주는 연습부터 해야겠다.

실패할 자유,
망하는 기쁨

　홈 베이킹 온라인 커뮤니티에는 첫 시도부터 '나 이만큼 했어요' 하고 자랑하는 사람이 한 무더기인데 어째서 나는 어김없이 이 모양인지 알다가도 모르겠다. 베이킹이라는 게, 아니 처음 하는 건 뭐든 조금만 집중력이 흩어져도 바로 티가 난다. 내가 가장 많이 하는 실수는 재료 빼먹기, 계량 잘못하기다. 그걸 한참 늦게 알아차린다는 것도 문제다. 반죽을 다 섞고 오븐에 넣을 때가 되어서야 믹싱볼 옆에 덩그러니 놓인 계란과 눈이 마주친다. '나를 왜 이제야 발견했니?' 하고 원망하는 게 느껴지지만 당황한 건 나도 마찬가지다. 잠시만 딴생각을 해도 이런 실수를 흔히 저질렀다. 처음 베이킹 클래스에 갔을 때 선생님이 그랬다.

"베이킹은 요리와 달라서 빠뜨린 재료를 나중에 넣을 수가 없어요. 모든 재료가 그 시점에 제대로 들어가지 않으면 안 돼요."

그 말 그대로였다. 중간에 재료 딱 하나만 빼먹어도 지난 후엔 수습할 수가 없다. 내가 먹을 거니까 무조건 좋은 재료 써야 한다고 버터, 초콜릿 커버추어, 생크림, 크림치즈 등등 전부 비싼 걸로 샀는데(좋은 건 꼭 비싸더라. 싸고 좋은 것들이 많으면 얼마나 좋을까) 완성도 못 해보고 반죽을 버려야 할 때, 다 완성하고서야 실수를 알아채고 구운 것들을 버려야 할 때면 자책이 몰려왔다.

'나는 대체 왜 이런 걸까.'

재미있자고 시작한 취미생활인데 실수와 실패를 반복하면서 한숨이 늘었다. 그리고 조급해졌다. '이번 퀘스트를 깨야 다음으로 갈 수 있는데, 앞으로 만들어야 할 게 많은데 정신 차리고 똑바로 하지 못하겠니? 이렇게 삐걱거릴 시간이 없다고. 긴장하고 잘 좀 하자. 응?'

퇴근 후 편히 쉴 시간을 기꺼이 포기하고 시작한 베이킹인데 그런 희생이 무색해지는 실패는 서운했다. 실수와 실패가 쌓일수록 실망이 커지는 건 어쩔 수 없었다. 나도 친구들에게 이만큼 잘했다고 자랑하고 싶은데, 실망스러운 결과 때문에 점점 흥이 사그라들었다. 성취감이 있어야 열정에 불이 붙고 신이 날 텐데……. 그런 아쉬운 마음을 컵케이크 원데이 클래스에서 선생님께 슬쩍 풀어놨더니 선생님은 이렇게 말했다.

"한 번에 성공하는 법은 없어요. 망치거나 실패해서 버리는 재료를 아까워하지 마세요. 버리는 재료만큼 분명히 실력이 늘어요. 당연히 필요한 과정이에요. 저도 아직도 많이 버리는걸요."

그 말을 듣고 나니 실패에 대한 허락을 받은 것처럼 마음이 가벼워졌다. 내가 아주 이상한 길로 가고 있는 건 아니라는 걸 확인받은 것 같았다. 실패해도 괜찮다고 공식적으로 허가받은 기분이랄까. 그 말 덕분에 실패하는 기분이 달라졌다. 버린 재료도 아깝지 않고, 망한 완성작을 버리는 것도 아깝지 않았다. 이전에 버린 게 쓰레기였다면 선생님의 말을 듣고 난 후로 지금 버리는 건 나를 키울 양분이라는 생각이 들었다. 제대로 해내지 못할 때마다 자책과 실망으로 시무룩했는데, 실패가 조금은 즐거워졌다. 실패한다고 누군가에게 피해를 주는 것도 아닌데 왜 그렇게 쫓기고 억눌렸을까. 이건 시험도 아니고 나를 평가하는 사람도 없는데.

실패에 대한 부담이 사라지니 그 자리에 쾌감이 들어왔다. 실패에서 자유로울 기회, 그걸 즐겨도 되는 기회가 생긴 것이다. 생각해보니 실패할 수 있는 기회란 게 직업의 세계에선 거의 불가능하다. 실패를 쉽사리 용인해주지 않을뿐더러 일을 시작했으면 반드시 적절한 결과를 내야 한다는 압박이 항상 따라온다. 어떤 업무든 최대한 실수 없이 예측한 결과를 내야 한다는 게 늘 스트레스였다. 구성작가일 때는 시청률의 압박, 마케팅 업무를 할 때는 실적에 대한 부담이 있었다. 비용을 들인 만큼 성과를 내야 하니까. 그리고 회사에서 직급이 올라갈 때마다 커지는 책임감과 무게감이 얼마나 부담스러웠던가.

구성작가로 입봉할 때는 아직 준비가 안 됐다는 생각에 팀장님과 몇 번이나 상담을 했다. 텔롭에 내 이름을 넣고 한 편의 방송을 온전히 책임진다는 게 무서웠다. 이직을 하고 대리에서 과장으로 직급이 달라질 때도 같은 마음이었다. 나는 위로 올라가고 싶지 않았다. 실패하면 안되는 사람이 되어야 한다는 게 두려웠다.

그런데 베이킹을 하면서 완전히 실패해도 좋은 자유를 얻은 것이다. 회사에선 내 실수가 누군가에게 피해가 될까 봐 긴장해야 했지만 베이킹에선 내 실수를 감당하는 것도 나 혼자였다. 실패할 자유라니. 이렇게 좋은 말을 떠올리자 해방감마저 느껴졌다. 망치고 실수한들 아무도 나를 몰아붙이지도, 책임을 묻지도 않는데 이토록 매력적인 순간을 그동안 왜 즐기지 못했을까. 생각을 바꾸니 이보다 좋은 놀이가 없다. 멋대로 망치고 재료를 실수로 더하고 빼서 말도 안 되는 결과물이 나와도 그저 신이 났다. 실패마저 놀이가 된다는 건 얼마나 멋진 일인가. 결과에 연연할 필요가 없는 취미, 목적 없이 온전히 즐거움만 누리면 되는 놀이.

실패에 대한 부담을 덜어낸 후로는 새로운 메뉴에 도전할 때 이렇게 마음먹곤 했다.

'이번엔 다섯 번만 실패해보자.'

그러다 의외로 세 번만 실패하면 성공한 것 같아 기분이 좋았다. 두 번을 이득 본 기분. '실패가 곧 기회'라는 말이 완전히 성립된 것이다. 언젠가 한 TV 프로그램에서 프랑스 와인과 이탈리아 와인을 비교하는 질문에 이탈리아 와이너리 주인이 이런 말을 했다.

"와인은 열정이에요. 저는 와인을 위한 시간을 언제나

마련해줘요. 프랑스는 와인과 일을 하지만 우리는 와인과 사랑을 하죠."

실패를 기꺼워할 수 있게 된 내 마음이 그 이탈리아 와이너리 주인의 마음과 비슷할까? 베이킹을 사랑하는 사람의 마음. 비록 아직도 가끔 "이거 괴물이야? 나는 안 먹을래. 엄마는 배불러" 하고 외면받는 쿠키를 만들지만 마음껏 실패할 수 있다는 건 어디에서도 얻을 수 없는 기쁨이라는 걸 안 이상 베이킹을 더 사랑할 수밖에 없다. 내가 이럴 줄 알았다. 먹을 때도 좋았지만 만들면 더 좋아하게 될 줄 진작 알고 있었다. 다만 몰랐던 건 더 많이 실패하는 사람이 베이킹을 더 사랑하게 된다는 사실이었지.

가루를 체에 내릴 때면 기분이 좋다. 손바닥으로 체를 탁탁 쳐내는 리듬도 좋고 가볍게 떨어지는 가루를 보는 것도 좋다. 뽀얀 가루들이 균일한 틈을 유지하면서 사르르 떨어지는 모양을 보면 마음이 보송해진다. 가루가 쌓이면서 마치 붓으로 덧칠하듯 색이 서서히 짙어지는 것도 좋다. 보기 좋게 틈을 벌려 자리 잡은 가루들의 소복한 모양도 예쁘다. 또 체에 남은 것 없이 가루를 다 내리고 나면 얼마나 개운한지. 게다가 베이킹 대부분의 과정에서 서투른 손짓은 티가 나기 마련인데 체에 가루를 내리는 것만큼은 누구나 전문가처럼 보일 수 있다. 한마디로 폼이 난다.

처음엔 이렇게 가루를 체에 내리는 이유가 불순물을 거르기 위해서인 줄로만 알았다. 물론 그런 이유도 있지만 또 다른 이유 중 하나는 가루 사이에 공기를 넣어주기 위해서다. 이때 슬며시 들어간 공기의 진가는 만들고 있는 것이 완성될 때쯤에야 알 수 있다. 반죽 과정에서는 존재감을 숨기고 있던 공기가 오븐의 열기로 팽창하면서 반죽을 보기 좋게, 먹음직스럽게 밀어 올리기 시작하면 그제야 공기의 역할을 확인할 수 있다.

공기는 가루에만 들어가는 게 아니다. 핸드믹서로 버터를 부드럽게 풀어줄 때도, 달걀을 거품기로 휘휘 돌릴 때도 들어간다. 반죽을 만드는 각 과정에서 조금씩 들어가는 공기는 마지막 순간이 되어서야 제힘을 눈에 보이는 형태로 드러낸다. 공기가 균일하게 잘 섞인 반죽은 결과물의 식감이 부드럽다. 공기가 예쁘게 들어간 케이크 제누아즈는 기공이 들쑥날쑥하지 않고 비슷한 크기로 촘촘하다.

공기 같은 말이 있다. 평소엔 티 나지 않지만 내 안에 들어와 결정적인 순간 힘을 발휘하는 한마디. 평소 칭찬을 듣는 게 어색한 나는 누군가 칭찬해주면 어떻게 반응

해야 할지 몰라 괜히 화제를 돌려버린다. 고맙다고 하면서도 속으로는 그냥 기분 좋으라고 하는 말일 뿐이라고 대수롭지 않게 생각한다. 칭찬이 뭐라고. 그런데 그 별거 아닌 한마디가 적절한 때를 만나 부풀어 오르면서 나를 밀어 올린 적이 있다.

구성작가 시절 편집 구성안을 쓸 때마다 나는 자괴감에 빠졌다. PD가 현장 취재를 마치면 작가는 촬영 테이프를 보면서 이야기와 그림을 어떻게 붙이고 풀어나갈지 고민해서 편집 구성안을 쓴다. 말 그대로 이야기의 구성을 만드는 작업이다. PD는 작가의 생각인 편집 구성안에 자신의 생각을 더해 가편집을 하고 그 후 작가와 PD가 함께 최종 편집을 한다. 편집 구성안을 고민할 때마다 나는 능력의 한계에 부딪혔다. 취재가 원하는 만큼 충분히 된 경우엔 고민이 덜하지만 취재가 여의치 않았을 때, 쉽게 말해 없는 살림에 가난한 밥상을 차려야 하는 경우에는 자괴감이 더 깊어졌다.

파리의 불법 이민자들에 대한 아이템으로 편집 구성안을 쓸 때도 그랬다. 담고 싶은 메시지는 분명했고 취재 준비를 할 때부터 불안 요소가 몇 가지 있긴 했지만 기대도 제법 있었는데, 결과는 그렇지 못했다. 역시 마음대로 되는 현장 없고 사연 없는 취재도 없다. 결국 이번에도 가난한 밥상을 차려야 하는 상황이 되었다. 이럴 때일수록 작가의 역량이 중요한데, 막막하고 자신이 없었다. 밤새 닳아 없어지도록 촬영 테이프를 돌려 보면서 답답함과 아쉬움, 잘해보고 싶은데 안 될 것 같아서 주눅 든 마음으로 쓴 편집 구성안을 다음 날 아침 주저주저하며 팀장님께 내밀었다. 취재가 어려웠고 충분하지 못했다는 사전 포석을 깔아뒀지만 고개가 자꾸 아래로 떨어졌다. 내가 눈을 피하며 땅만 보고 있는 동안 편집 구성안을 다 읽은 팀장님이 말씀하셨다.

"이야, 보미가 이제 편집 구성안으로 나를 홀릴 정도가 되었구나. 재밌네."

머릿속에서 물음표, 느낌표가 마구 튀어 올라왔다. 내 안에 공기가 들어온 순간이었다.

방송이 마음에 쏙 들게 완성되는 경우는 드물었다. 주로 아쉬웠고 대부분은 다음엔 더 잘해보자는 다짐으로 끝났다. 방송 주간마다 나는 왜 이 정도밖에 안 되는지 스스로를 다그쳤다.

그 스트레스는 시사다큐에서 생활정보 프로그램으로 자리를 옮겼을 때 절정을 달렸다. 제작사 대표의 성향이

나 프로그램 성격이 나와 잘 맞지 않았고 나도 프로그램에 제대로 적응하지 못해서 내 몫을 충분히 해내지 못했다. 내가 이 프로그램과 맞지 않는 것인지, 원래 이 정도밖에 안 되는 것인지 머릿속이 복잡한데 그 고민을 붙잡고 있을 시간이 없었다. 당장 이번 주, 다음 주 방송을 정신없이 해치워야 했다. 당연히 몸 안팎으로 신호가 왔고 제대로 된 식사도 불가능했다. 대신 출근길에 산 ABC 초콜릿 한 봉지를 종일 까먹으면서 일했다. 한 달에 3킬로그램이 빠질 만큼 지독한 시간이었다.

지금 돌아봐도 진저리가 날 만큼 다시는 겪고 싶지 않은 시간이지만 신기하게도 그때는 씩씩하게 이겨냈다. 나답지 않게 잘 버틴다고 생각했다. 그때 버틸 수 있는 힘을 준 게 바로 공기 같은 그 말이었다. "이야, 보미가 이제 편집 구성안으로 나를 홀릴 정도가 되었구나"라고 했던 팀장님의 말. 아무것도 해내지 못할 것처럼 스스로가 하찮게 느껴지던 때에 예상치 못했던 그 말이 오븐 속 공기처럼 몸집을 키웠다. '그래, 내가 아주 엉망은 아니지. 팀장님이 분명히 성장하고 있다고 했잖아. 나도 잘 해낼 수 있는 사람이야' 하고 나를 밀어

올렸다. 마음이 납작해질 때마다 그 말을 생각했다. 그렇게 힘을 냈다.

들을 땐 몰랐지만 필요한 시간이 찾아왔을 때 공기처럼 존재감을 증명해낸 한마디가 지독한 시간을 버티게 해주었다. 칭찬이 별거라는 것도 그때 깨달았다. 아마 팀장님도 그 말이 내 안에서 공기가 될 줄은 몰랐을 거다. 나도 몰랐으니까.

누구에게나 공기가 필요하고, 나도 누군가에게 공기를 넣어주는 사람이 되고 싶다. 언젠가 적당한 때가 되면 예쁘게 부풀어 폭신하고 부드러운 힘을 만들어낼 수 있는 공기 같은 한마디. 말하는 사람도 듣는 사람도 당시엔 알 수 없다. 오븐에 들어가봐야 그 말이 공기였다는 사실을 알게 될 것이다. 그래서 나도 언제 누군가의 공기가 될지 모를 말들을 아낌없이 해주려고 노력 중이다. 좋은 건 충분히 좋다고 알려주고 잘한 건 충분히 잘한다고 말해주고 싶다.

스페인에서 1년째 이직을 위해 노력하던 친구가 있었다. 수십 번 이력서를 넣고 인터뷰를 진행했는데 원하는 결과는 찾아오지 않았다. 이방인 신분으로 원하는 일자리를 구하기 쉽지 않다는 걸 알면서도 그런 시간이 길어지면 누구나 자신감이 떨어지고 스스로를 의심하게 된다. 친구도 그랬다. 나는 친구를 위로하는 대신 내가 느낀 사실을 그대로 말해주었다.

"몇 번을 떨어지든 기어코 다시 도전한다는 건 정말 대단한 용기야. 그 과정은 수십 번의 실패가 아니라 수십 번의 도전이라고 생각해."

내가 생각하는 그대로 꼭꼭 짚어 말했다. 절대 포기하지 않고 도전하고야 마는 용기가 진심으로 존경스러웠다. 위로를 하려던 건 아니지만 친구에겐 위로가 된 것 같았다. 내가 하는 그런 말, 또 누군가 그녀에게 하는 말들이 필요할 때 그녀를 밀어 올리고 부풀게 하는 공기가 되기를 바랐다. 그게 지금이든 미래의 언제든. 그리고 내 안에도 공기가 빠지지 않게 촘촘히 여며 넣어야겠다. 누군가 해주는 말에 귀 기울이면서. 언젠가 또 부풀어 올라 내게 힘이 될 테니까.

설탕아,
오해해서 미안해

　구성작가로 내 이름을 달고 첫 대본을 쓰던 날, 쪽대본을 써버렸다. 더빙실에서는 담당 PD를 비롯한 스텝들이 모두 대본만 기다리고 있는데 손이 움직이질 않았다. 사흘이나 밤을 새웠지만 몽롱하지도 않았다. 얼굴에서 열이 달아나면서 체온이 떨어지는 느낌이었고 머리털이 쭈뼛 섰다. 정신은 반쯤 나갔고 차가운 손끝이 바들바들 떨렸다. 남은 대본도 문제지만 이미 써놓은 대본도 통째로 지우고 처음부터 다시 쓰고 싶은 심정이었다.

　뭐라도 빨리 써야 하는데 아무 말도 떠오르지 않았고 그저 울고만 싶었다. '누가 나를 이 지옥에서 건져주세요' 하는 마음만 간절했던 그때 편집실 문이 열리고 선배 한

명이 들어왔다. 평소에 전혀 친하게 지내지 않던 선배였다. 내가 뭘 하기에 아직도 대본을 못 넘겼는지 구경하러 왔나 싶었는데 선배는 말없이 내 노트북 앞에 앉았다. 이미 내 아이템이 뭔지 알고 있었고, 편집 구성안도 읽어보고 온 듯했다. (취재-가편집-최종 편집으로 이어지는 과정에서 작가는 촬영 구성안-편집 구성안-내레이션 대본을 쓴다. 편집 구성안과 내레이션 대본 사이에는 보통 구성상의 변화가 크지 않다.)

"어디부터 안 풀리니?" 하고 묻더니 선배는 마치 자기 아이템인 것처럼 자연스럽게, 망설임 없이 대본을 채웠다. 좋은 대본을 쓰는 게 아니라 그저 완성이라도 해야 하는 절박한 상황에서 구원자가 나타난 것이다. 선배가 누더기 같은 대본을 기우고 수습하는 동안 나는 옆에서 울먹이며 고해성사 같은 헛소리를 시작했다.

"저는 작가는 아닌 것 같아요. 계속 이렇게 어떻게 해요."

선배는 대본을 채우느라 말이 없었고 옆에서 초조하게 기다리던 FD가 실시간으로 한두 페이지씩 쪽대본을 더빙실로 날랐다. PD, 조연출, 성우, 엔지니어까지 모두를 기다리게 한 대역죄인의 정신머리는 이미 하얗게 전

소된 상태였다. 마침내 마지막 페이지를 FD 손에 넘긴 후 나는 선배에게 유언처럼 마지막 한마디를 토해냈다.

"정말 고맙습니다. 그리고 죄송해요."

그리고 아까 했던 말이 헛소리가 아니라 진심이라는 걸 스스로 확인하듯 다시 한번 말했다.

"그런데 저 정말 작가 못 할 거 같아요. 저는 이 일이랑 안 맞나 봐요."

사실이었다. 이렇게 영혼을 다 털어버리는 과정을 한 달에 몇 번씩 겪을 자신이 없었고 무엇보다 선배들처럼 멀끔하게 방송을 만들어낼 자신이 없었다. 한 편의 방송을 만드는 걸 '한 꼭지를 말았다'고 표현하는데 나는 그냥 완전히 말아먹은 것 같았다. 그런데 선배가 뒤통수를 때리는 듯한 투로 말했다.

"야, 헛소리 그만해. 나는 첫 대본 쓸 때 생방송 스튜디오 바닥에 엎드려서 쪽대본 썼어. 옆에 있는 선배들한테 안 도와주고 뭐하는 거냐고 박박 소리 질러서 선배가 대신 대본 써주고 그랬어. 처음엔 다 그래. 너만 그런 거 아니야. 괜찮아."

쿨하고 강력한 한 방이었다. 부드러운 토닥임이나 간지러운 말 없이 그녀만이 할 수 있는 방식으로 던진 시원한 위로였다. 그 말이 엉덩이를 뻥 차올려 주저앉아 있는 나를 다시 일으켰다. 다들 그렇게 시작한다는 빈말이 아니라 정말 그렇게 시작했던 경험을 툭 던져준 덕에 용기가 생겼다. 나만 부끄럽고 고통스러운 첫 대본을 쓰는 게 아니라니 얼마나 다행인지. 그렇게 첫 대본의 지옥에 빠져 있는 나에게 손을 내밀고 너덜너덜해진 정신을 수습할 수 있게 위로한 사람이 그 선배였다는 것 역시 잊을 수 없는 기억이 되었다. 평소에 나를 좋아하지 않는다고 생각했는데, 내가 그동안 선배를 제대로 보지 못한 걸까. 이런 게 색안경일까 하는 생각이 들었다. 강산이 변할 만큼 시간이 지난 후에도 첫 방송의 기억에서 가장 또렷이 떠오르는 장면이 편집실 문을 열고 들어와 노트북 앞에 앉던 선배, 그리고 그녀의 위로 한마디가 되었으니까.

홈 베이킹 초보 시절, 빵 메이트가 말했다.
"설탕을 너무 많이 줄이지 마세요."
하지만 하지 말라고 해서 안 하면 내가 아니지. 단맛을 줄여 많이 먹는 것에 대한 부담을 덜고 싶어서 설탕량을 확 줄여버렸다. (나에겐 이런 식으로 경고를 무시해서 벌어진 불행한 사건들이 많다.) 설탕에 대해 제대로 알았다면 함부로 설탕량을 줄이지 않았을 텐데. 설탕이 그저 단맛이나 내는 가루라고 제멋대로 오해한 것이 잘못이었다.

베이킹에서 설탕은 핵심 재료라 할 만큼 중요한 역할을 한다. 설탕의 주요 성질 중 하나는 수분과 친하다는 것인데 이런 특징 덕분에 유지와 수분의 유화를 도와 재료들이 서로 잘 섞이도록 한다. 이 때문에 설탕을 과하게 줄이면 계란 거품을 낼 때 안정성이 떨어져서 힘이 없고 쉽게 부서지는 거친 기포가 만들어진다. 결과적으로 반죽이 충분히 부풀지 않고 식감도 나빠진다. 오븐 안에서 수분이 도망가지 못하게 잡아주고, 전분의 노화를 방지해다 구워진 과자가 오래 촉촉함을 유지하도록 해주는 것역시 설탕이다. 종류와 양에 따라 과자의 구움색과 향에도 영향을 준다.

이렇게 소중한 설탕의 역할을 모르고 그저 단맛으로 살이나 찌우는 가루라고 오해하다니. 설탕에 자아가 있다면 내 등짝을 발로 차주고 싶었을지 모른다. 늦었지만 설탕에게 사과한다. 오해해서 미안해. 너의 진가를 몰랐어.

첫 대본을 쓰던 날 선배의

모습을 새롭게 보게 됐지만, 그 이후에도 나는 누군가를 오해하고 후회하는 일을 반복했다. 사람이 한 번에 생각과 태도를 고치기란 쉽지 않으니까. 경험과 후회가 오랜 시간에 걸쳐 쌓여야만 한다. 그런 경험을 반복한 후에 이제는 사람을 제대로 보게 됐다는 건 아니다. 대신 '사람보는 눈'이란 말 자체를 조심하게 됐다. 함부로 누군가를 잘 안다고 말하지 않게 되었다.

사람은 변하기 마련이고, 아무리 오래 알고 지낸 사람도 "알아가고 있다"고 말할 수 있을 뿐이다. 경솔함은 늘 위험하다. 그럼에도 여전히 가끔은 누군가를 오해하고 다시 후회하고, 때로는 나도 오해받는다.

베이킹을 하면서 설탕을 써본 사람들은 다 설탕의 참모습을 안다. 나와 당신의 진짜를 아는 사람들도 우리를 겪어본 사람들이다. 나를 오해하는 사람도 언젠가 나를 더 잘 알게 된다면 내가 설탕에게 사과했듯이 미안하단 말을 하게 될지도 모른다. 나 역시 언제든 그런 말을 할 준비를 하고 있다. 그리고 오늘도 작업대 위의 설탕을 보면서 다짐한다.

"설탕 같은 오해는 하지 말자."

나 혼자만의
사소한 성취감

　이것은 그냥 상처가 아니다. 몸에 남은 노력의 기록이다. 남들보다 요란하게 허둥대며 즐겼던 베이킹의 흔적이 정직하게 몸에 쌓인 것이다. '이제 피부 재생도 느린 나이인데. 조심해야지' 생각해도 새로운 상처는 꾸준히 업데이트된다. 언제 다쳤는지도 모르게 등장하는 상처가 서너 개씩은 상시 몸에 붙어 있다. 주의력이 부족한데 실력까지 부실하면 몸이 고생이다. 덕분에 상비약이 늘었다. 화상 연고를 포함해 상처에 바르는 연고 종류별로 두세 개, 일반밴드, 습윤밴드를 크기별로 갖추다 보니 구급약 파우치가 두툼해졌다.

　상처와 약만 느는 게 아니다. 지식도 는다. 손바닥 엄지 아래 부분이 멍든 것처럼 아픈 게 손목터널증후군의 증상이라는 것도 알게 됐고 정형외과 도수치료의 효능도 알게 되었다. 베이킹은 이렇게 상처와 통증으로 고생할 만큼 과격한 취미인 것이다. 그뿐이 아니다. 베이킹은 위험하기까지 하다. 주방 바닥에 흘린 재료를 밟고 넘어져 크게 다칠 뻔한 위기를 몇 번이나 넘겼는지 모른다. 그렇다. 베이킹에는 순발력마저 필요하다. 갖춰야 할 게 너무 많은 취미, 그러니 할수록 어려운 것이 베이킹이다.

작가 시절 낚시광 팀장님께 "좋아하면 잘하기 마련인데, 한결같이 못 잡으시네요"라고 했던 말을 사과하고 싶다. 이제는 못해도 좋아하는 게 진짜라고 말해주고 싶다. 그래도 요즘은 덜 허둥대고 가끔은 폼 나게 가루를 체에 내리고 익숙하게 주걱을 돌리는 내가 꽤 괜찮아 보여서 잠시 제멋에 취하기도 한다. 별것 아니지만 노련한 잔기술이 생겨나는 것 같아 뿌듯하다. 이 맛에 베이킹 하지.

익숙한 실수와 '그럭저럭'의 랠리가 이어지던 어느 날, 평소처럼 퇴근 후 판을 벌였다. 가장 빨리 실력을 키우는 방법은 조급해하지 않고 하나를 하더라도 충분히 반복하는 것이라는 생각으로 하나의 메뉴를 여러 번 반복해 만들던 때였다. 처음엔 하나를 진득하게 파지 못하고 산만하게 이것저것 찔끔찔끔 건드려보기만 했다. 하나를 실패하면 다시 하기보단 다음 메뉴로 빨리 넘어가버렸다. 그러다 보니 무엇 하나 제대로 만들지 못했고 이렇게는 베이킹을 오래 즐길 수 없을 것 같았다. 오래 즐기려면 성취감이 필요하고 성취감을 위해서는 느리더라도 제대로 연습해서 성공하는 과정이 필요했다.

그날의 메뉴는 버터쿠키였다. 몇 개의 레시피를 따라 하면서 모양과 맛을 다듬어나가던 참이다. 역시 만드는 동안엔 잡생각이 들지 않고 시간이 후루룩 지나 반죽을 오븐에 넣고 나니 10시가 넘어 있었다. '뒷정리하고 자려면 12시는 되겠네' 생각하며 띵! 하는 오븐 알람 소리에 오븐 문을 열었는데, 예상치 못한 일이 벌어졌다. 트레이를 스윽 당기니 "나 기다렸지?" 하고 전에 본 적 없이 완벽한 쿠키가 까꿍! 인사를 하는 게 아닌가. 이런 게 성공의 얼굴일까? 뜻밖의 성공은 반갑기보다 당황스러웠다.

'왜 성공했지? 내가 이럴 리 없는데?' 어리둥절한 상태로 뭘 잘해서 잘된 건지 아니면 뭘 잘못해서 잘된 건지 생각했다. 수상 소식을 전혀 모르고 객석에 앉아 있다가 호명된 연말 시상식의 배우가 된 기분이었다. 정신을 차리고 내려다보니 방금 구운 쿠키는 정말 내가 만든 게 맞나 싶게 예뻤다. 가장자리부터 은은하게 그러데이션이 생긴 구움색도 마음에 들고 부풀어 오른 모양도 사랑스럽기 그지없다. 맛은 물론 모양마저 맘에 쏙 드는 완성품을 만나는 순간은 짜릿했다. 《앵무새 죽이기》의 한 구절이 떠올랐다.

"승리하기란 아주 힘든 일이지만 때론 승리할 때도 있는 법이거든."*

오늘이 바로 때론 승리하는 날인 것이다. 눈에는 보이지 않았지만 상처가 쌓이는 동안 실력도 쌓이고 있었나 보다.

승리의 쿠키가 볼수록 예뻐서 오늘부터 애착 쿠키가 될 것 같았다. 의미 있는 순간을 기록하기 위해 요리조리 사진을 찍는데 카메라가 벅찬 내 마음을 영 몰라준다. 실물이 이렇게 예쁜데 왜 그대로 담아내질 못하는지 속상하다. 이미 나는 내 새끼 예뻐서 어쩔 줄 모르는 고슴도치가 되어버렸다. 그렇다면 다음 순서는 당연히 동네방네

※ 《앵무새 죽이기》, 하퍼 리 지음, 김욱동 옮김, 열린책들, 2015, p. 213

자랑하기 아니겠나. 늦은 밤이지만 친구들에게 사진을 보내며 호들갑을 떨었다. 이렇게 요란 떨고 싶지는 않았는데 도저히 참을 수가 없었다. 그제야 나도 내가 이 순간을 얼마나 기다렸는지 깨달았다. 느리게 찾아온 성취감, 예기치 않은 순간 나타난 성공이라 더욱 기뻤다.

맘 좋은 친구들은 '뭐 어쩌라고?', '이제야 성공?'이라고 타박하지 않고 착하게도 우쭈쭈 치켜세워주었다. 칭찬해달라고 대놓고 옆구리 찌른 것 같지만 자랑하고 싶었고 칭찬도 받고 싶었다. 그동안 수없이 다치고 실수했던 시간을 지나 결국 이렇게 기쁜 날을 맞이했다는 걸 혼자만 알고 있을 순 없었다. 스스로가 기특해 죽겠으니까 최대한 많은 칭찬을 받고 싶다. 이번엔 가족들을 불러내 대놓고 자랑했다. "음, 웬일이야? 제법이네", "예쁘네" 같은 짧은 말이었지만 칭찬은 칭찬이니까 괜찮다.

자전거를 배울 때 어느 순간 중심을 잡으면 더 이상 넘어지지 않고 씽씽 달리게 되듯이 한 번 성공한 후로는 좀 더 자주 성공했다. 성취감을 먹고 베이킹에 대한 애정도 무럭무럭 자라났다. 그리고 멋진 완성품을 만들 때뿐 아니라 곳곳에서 성취감을 찾아 먹게 되었다.

케이크 아이싱이 어제보다 오늘 더 매끈할 때, 크림의 휘핑 정도를 딱 알맞게 잡아서 발림성이 좋게 느껴질 때, 쿠키 반죽이 어제보다 차지게 손에 붙을 때나 반죽의 마블링이 유난히 맘에 들 때, 이렇게 나만 느끼는 사소한 성취감 때문에 즐거운 순간이 늘어났다. 그럴 때면 내가 어제보다 조금 더 나은 사람이 된 것 같은 생각마저 들었다. 이런 작은 성취감이 모여 행복이 되는가 보다. 그러니까 오늘의 나는 어제보다 더 행복한 홈 베이커가 맞다. 그리고 내일은 오늘보다 더 행복해질 것이 분명하다. 매일 새로운 행복이 차곡차곡 쌓이고 있다.

어떻게 그랬을까? 마냥 일이 좋아서 24시간이 회사의 연장인 채로 살았던 때가 있다. 하고 싶은 일을 할 수 있다는 게 좋아서 누가 시키지도 않았는데 퇴근 후에도 주말에도 노트북을 펼쳤다. 자정 넘어 지하철이 끊기면 먼 길로 돌아가느라 두 시간이나 걸리는 심야버스를 타면서도 버스 안에서 읽을 자료를 챙겨 들고 퇴근했다. 하루 세 끼를 전부 회사에서 먹으면서도 즐거움이 피곤을 이겼다. 그런데 아무리 좋아도 일과 생활을 분리하는 습관을 키우지 못한 것은 큰 실수였다.

다 좋을 때는 문제가 없지만 일과 회사에서 오는 스트레스가 커지면 그게 독이 되었다. 일과 사생활의 구분이 없으니 퇴근을 해도 회사와 연결되어 내내 시달렸다. 회사와 연결된 스위치를 끄고 사생활을 즐겨야 스트레스도 풀리고 새로운 에너지도 생기는 법인데, 그 부분에서 완전히 실패한 것이다. 언젠가 김영하 작가님이 최선을 다해 살지 말라고 했던 말이 기억난다. 100퍼센트를 다 쏟아붓는다는 것, 최선을 다하는 건 위험한 일이라고 했다. 힘들 때 꺼내 쓸 여분의 에너지가 없기 때문이다. 아무리 좋을 때라도 전부를 쏟고 일과 사생활을 구분 없이 섞어버리는 게 아니었는데 현명하지 못했다. 김훈 작가님의 《밥벌이의 지겨움》에 이런 구절이 나온다.

"모든 밥에는 낚싯바늘이 들어 있다. 밥을 삼킬 때 우리는 낚싯바늘을 함께 삼킨다. 그래서 아가미가 꿰어져서 밥 쪽으로 끌려간다. 저쪽 물가에 낚싯대를 들고 앉아서 나를 건져 올리는 자는 대체 누구인가. 그자가 바로 나다. 이러니 빼도 박도 못하고 오도 가도 못한다. 밥 쪽으로 끌려가야만 또다시 밥을 벌 수가 있다."*

버릇을 잘못 들인 탓에 내가 놓은 낚싯바늘을 제대로 떠먹고 끌려다니게 된 것이다. 어느 날 아이를 키우는 동

* 《밥벌이의 지겨움》, 김훈 지음, 생각의나무, 2007, pp. 35-36

료들과 밥을 먹으며 이런 고민에 대해 이야기하는데 그녀들이 공통적으로 말했다. 퇴근 후에는 아이에게 신경 쓰느라 회사와 자동 분리된다는 건 좋다고. 퇴근 후 육아 현장으로 두 번째 출근을 하는 건 부럽지 않지만, 회사와 저절로 분리될 수 있다는 건 부러웠다. 나도 회사에서 겪는 나쁜 일들이 일상에 밀려 들어와 나를 완전히 잠식하지 못하도록 스위치를 꺼줄 장치가 있으면 좋을 텐데.

회사 일이 특별히 고되지 않을 때도 무기력한 일상에 활기를 채워줄 뭔가가 필요했다. 10년쯤 직장생활을 하다 보니 별다른 이유없이 일상이 무의미하고 무료하게 느껴지는 날이 주기적으로 찾아왔다. 일 빼고는 하는 게 없다는 생각이 들면 내가 일하려고 사는 건가, 일만 하다 늙어 죽겠네 싶은 억울한 생각이 들었다.

남들은 어떻게 회사와 분리되지? 퇴근 후에 그냥 침대에 누워 있기만 해도 저절로 분리되는 걸까? 이럴 때 취미가 필요한 건데, 나는 제대로 된 취미도 없다. 그래서 초등학교 때부터 자기소개란에 취미, 특기가 필수 항목이었나 보다. 어른이 되면 반드시 필요할 때가 올 테니 미리미리 준비해두라는 뜻이었던 거다.

그날도 회사와 분리되지 못한 내 영혼을 데리고 좋아

하는 케이크숍을 찾았다. 며칠 전 예약해둔 케이크와 구움과자를 픽업하면서 사장님께 질문을 던졌다. 원래 가게 사장님과 넉살 좋게 대화하는 편이 아닌데 웬일로 그날은 먼저 말을 걸었다. 가게를 연 지 얼마나 되셨는지, 이전에는 무슨 일을 하셨는지, 어떻게 시작하게 되셨는지 묻자 사장님은 조금 수줍어하면서도 조곤조곤 대답해주셨다.

"회사가 너무 힘들어서 더 이상 못 버티겠더라고요. 아시죠? 다들 그런 때가 있잖아요. 이렇게 버티면 정신이 무너질 것 같아서 베이킹을 한번 해봤는데 잘 맞더라고요. 그래서 회사를 그만두고 본격적으로 시작했어요."

비슷한 대답을 들은 적이 있다. 케이크 원데이 클래스 선생님도 그런 말을 했다.

"회사를 더는 못 다니겠더라고요. 스트레스가 너무 심해서 나를 위해 회사를 그만둬야겠다고 생각했어요. 사실 저는 빵순이도 아니었는데 우연히 베이킹을 한번 해봤더니 재미있는 거예요. 베이킹 하면서 마음이 많이 치유됐어요. 그렇게 시작해서 여기까지 왔죠."

홈 베이킹을 시작한 후로 나도 케이크숍 사장님과 원데이 클래스 선생님처럼 베이킹의 치유 능력을 간증하는 대열에 합류했다. 드디어 회사와 나의 분리 버튼을 찾은 것이다. 베이킹 하는 동안은 애쓰지 않아도 회사를 잊었고 집중하다 시계를 보면 어느새 몇 시간이 훌쩍 지나 있었다. 몇 시간 동안 한 가지에 흠뻑 빠져 즐기는 내가 좋았다. 낮 동안 과열된 머리를 쉬게 하고 몸을 쓰면서 뿌듯했다. 붓글씨를 쓰면서 화선지에 먹물이 번질 때 느꼈던 평화, 긴 휴가를 위해 보딩패스를 들고 공항 게이트 안으로 들어설 때 느낀 설렘 같은 것이 밀려들었다. 행복한 위로였다.

베이킹을 하면 손을 쓰는 작업이 얼마나 매력적인지도 새삼 깨닫는다. 설탕이 충분히 녹았는지 살펴볼 때면 손끝에 설탕 알갱이가 동글동글 만져지는 느낌이 좋다. 가끔은 반죽을 성형하다가 일부러 조금 더 오래 반죽 위에 손을 올리고 조몰락거린다. 반죽 묻은 손을 허공에 펼치고 손가락을 피아노 치듯 움직여보기도 한다. 그렇게 손 쓰는 재미를 눈으로 확인한다.

버터와 설탕이 섞일 때 서걱거리는 소리는 듣기 좋은 ASMR 같다. 녹인 초콜릿이 마블링을 그리며 버터와 섞이는 아름다운 그림은 반하기에 충분하다. 매끈한 반죽을 만들어 오븐팬 위에 간격을 두고 올리면 '이렇게 예쁜 걸 다른 사람들도 만들어보면 좋을 텐데' 하는 생각이 절로 든다. 아기 엉덩이처럼 귀여운 반죽은 보고만 있어도 웃음이 난다. 어떤 운 좋은 날엔 손에 저울이 달린 것처럼 한 번에 0.1그램 단위까지 똑떨어지게 계량을 하는데 그럴 때면 소소한 쾌감에 어깨가 들썩인다. 유독 말끔하게 마음에 드는 반죽을 완성하는 날에는 작은 탄성을 지른다. 반짝반짝 예쁘기도 하지.

단정하게 팬닝한 반죽을 오븐에 넣고 나면 자리를 뜨지 않고 오븐 유리 앞에 붙어 앉는다. 반죽이 구워져 봉긋하게 부풀어 오르는 과정을 보는 걸 놓칠 수 없다. 힐링을 위한 불멍, 물멍 많지만 그중에 최고는 오븐멍이다. 짧은 시간 동안 오븐 안에서 노릇노릇하게 반죽의 색이 변하고 부풀어 오르고 통통해지다가 크랙이 생기고 살짝 퍼지는 모습을 보면 마음이 얼마나 평화로운지. 그 순간 모든 걸 다 잊는다. 나를 괴롭히는 모든 스트레스와 자동 분리된다. 이런 게 바로 분리 행복이지. 베이킹의 모든 과정을 즐기느라 회사 생각 같은 건 끼어들 틈도 없다. 회사 밖 생활을 오롯이 즐기게 된다.

베이킹 덕분에 일상 전반에 기분 좋은 긴장이 찾아왔

다. 어린 왕자를 기다리는 사막 여우처럼 베이킹을 하기 몇 시간 전부터 행복하다. 퇴근 후 즐길 수 있는 본격적인 취미가 생겼다는 사실에 일주일이 즐거워졌다. 나를 괴롭히는 옆 팀 대리의 이메일도, 본부장님의 갑작스런 호출도, 자꾸 말을 바꾸는 차장님도 참아줄 관용이 조금 늘었다. 베이킹으로 의미를 끌어올린 일상. 나에게만 열리는 세계 속에서 으쌰 힘을 내는 빵순이는 그래서 오늘도 베이킹을 한다.

10퍼센트를 위한
90퍼센트

영화에서는 이런 장면이 펼쳐진다. 해가 가득 들어오는 볕 좋은 창가에서 빛을 받아 반짝이며 떨어지는 밀가루, 아무것도 묻지 않은 새하얀 앞치마를 두르고 역시 앞치마만큼 깨끗한 손으로 반죽을 만드는 주인공. 튀는 것도 흘린 것도 없이 깨끗한 작업대. 그건 다 거짓말이다. 현실 베이킹에 그런 그림은 없다. (혹시 나만 그런 걸까?)

우선 밀가루가 날리도록 작업을 하는 일이 거의 없다. (적어도 나는 그렇다.) 밀가루가 최대한 볼 밖으로 벗어나지 않도록 너무 높은 데서 떨어뜨리지 않는다. 간혹 실수로 밀가루가 너무 많이 날리면 속으로 생각한다. '뒷정리 골치 아프게 됐어.' 그리고 빠른 눈으로 밀가루의 행방을 추적한다. 나중에 청소할 때 빼놓는 구석이 없도록 기억해야 하기 때문이다. 앞치마는 작업 시작과 동시에 순식간에 얼룩덜룩해진다. 바닥은 말할 것도 없고 손에도 자꾸 뭐가 묻어서 수시로 씻어야 한다. 나에겐 베이킹과 가장 먼 단어가 '깔끔'이다.

한때 <냉장고를 부탁해>라는 TV 프로그램을 즐겨 봤다. 맛있어 보이는데 심지어 예쁘기까지 한 요리가 15분만에 완성되는 과정은 눈을 뗄 수 없는 쇼였다. 그 쇼를 주도하는 요리사의 빠른 손을 따라 눈이 움직였다. 어떻게 사람 손이 저렇게 빠를 수 있을까. 가끔 케이크나 빵조차 15분 만에 만들어내는 걸 보면 자연스럽게 내 베이킹 과정과 비교가 됐다. 나는 왜 이렇게 느린가. 심지어 화면 속에 나오는 것들보다 훨씬 못 만들고 있는데. 먹어보지 않았지만 맛도 내 것보다 좋을 게 분명한데.

못난 심보에 뭔가 꼬투리를 잡고 싶었다. 내 시선은 점점 요리사의 손을 벗어나기 시작했고 그 빠른 손이 지나간 자리에 쌓이는 흔적에서 멈췄다. 카메라는 여전히 요리사가 거침없이 밀가루를 흩뿌리고 반죽을 치대고 과감하게 재료를 다루는 모습에 초점을 맞추었지만 내 눈은 작업대 주변을 훑고 있었다. 요리가 완성될수록 얼마나 많은 설거지와 정리 거리가 쌓이는지 신경 쓰느라 요리에 집중할 수가 없었다.

'좀 조심조심할 수는 없나. 꼭 저렇게 팍팍 뿌려야 되나. 저렇게 뒷정리 신경 안 쓰고 하니까 빠르게 잘 만드는 거야.'

그렇게 궁색하지만 그들이 빠르게 멋진 결과를 만들어내는 핑계를 찾아내고야 말았다. 신포도 핑계를 찾아낸 여우는 내 기분을 알겠지.

실제로 홈 베이킹을 할 때 나는 재료를 팍팍 넣고 뿌리고 섞지 않는다. 최대한 튀지 않게, 지저분해지지 않게, 재료를 옮길 때도 흘리지 않게 조심히, 흘린 건 웬만하면 바로바로 닦으며 작업한다. 그래도 청소와 설거지 거리가 산더미란 말이다. 베이킹은 짧고 정리는 길다. 서너 시간쯤 베이킹을 한다면 그중 본격적인 만들기, 굽기는 한 시간 안팎이다. 짧고 달콤한 베이킹 앞뒤로 귀찮은 준비와 피곤한 정리가 길게 따라붙는다. 하기 싫은 일을 조금이라도 줄이려면 모든 과정에 신중해질 수밖에 없다. 나에게 TV나 영화 속 베이킹은 정말로 '쇼'일 뿐이다.

수시로 쓸고 닦으며 흘리지 않으려고 애를 써도 사고

는 벌어지고 믹싱볼은 바닥에 자꾸만 떨어진다. '아악' 하는 비명이 저절로 나온다. '이걸 언제 다 치워. 못 쓰게 된 재료들은 어쩌면 좋아.' 가장 불행한 실수는 반죽이 잔뜩 묻은 핸드믹서를 옮기다 나도 모르게 작동 버튼을 누르는 일이다. 나 몰래 내 손이 무슨 짓을 저지른 걸까. "안 돼! 안돼!" 하며 멈춤 버튼을 눌러보지만 핸드믹서 날이 맹렬하게 회전하며 온 주방에 반죽을 튀긴다. 사방으로 날아가는 초코초코초코초코. 눈물이 난다. 그 와중에 사방으로 튀어버린 흔적을 치우다 계란을 풀어 바닥에 내려놓은 볼까지 밟아 쓰러뜨린다. 심상치 않은 소리에 동생이 나타나지 않을 리 없다. 역시 방문을 슥 열고 한마디 한다.

"대단하다. 정말."

치우는 걸 도와주지도 않을 거면서 왜 저렇게 한 소리 보태는지 얄미워 죽겠지만 수습이 우선이라 참는다. 나도 내가 왜 이러는지 모르겠다. '설거지까지가 요리다'라는 말을 떠올리며 정리도 좋아할 수 있다고 최면을 걸어보지만 적당해야 최면도 먹히는 법이다. 이건 해도 해도 너무한다 싶게 수습할 게 많다. 일하느라 쌓인 피곤, 한 시간 반 퇴근길에 쌓인 피곤 위에 새로운 피곤이 쌓인다.

무엇을 하든 하고 싶은 일 10퍼센트를 위해서는 하고 싶지 않은 일 90퍼센트를 참아야 한다는 것은 진리다. '설거지까지가 요리다'라는 말을 처음 한 사람도 지금 내 마음과 같았을까. 스스로를 위로하기 위한 말이었을까.

사람은 귀찮은 일을 피하고 싶을 때 영리해진다. 처음엔 순진하게 각 재료마다 하나의 볼을 사용하며 계량했다. 혹시 실수로 재료를 잘못 섞을까 봐 겁이 나서 그랬는데 몇 번 귀찮은 설거지를 하고 나니 저절로 머리를 쓰게됐다. 작업을 시작하기 전 레시피를 유심히 보며 만드는 과정을 시뮬레이션하고 한곳에 모아 계량할 수 있는 것들을 추려냈다. 한 번 쓴 계량스푼을 성급하게 설거지통에 풍덩풍덩 던지지도 않게 되었다. 앞뒤로 큰 스푼 작은 스푼이 있으니 조심히 다루면 두 번 쓸 수 있다. 핸드믹서를 다룰 때는 더욱 주의를 기울여서, 내려놓을 때 실수로 작동 버튼을 건드리지 않게 조금 멀찍이 두는 습관도 익혔다.

어제보다 오늘 하나씩 늘어가는 꼼수에 기분이 좋다. 어쨌든 뭔가 발전하고 있다는 의미니까. 설거지까지가 요리인 것처럼 꼼수까지도 실력 아니겠어. 그래도, 아무리 꼼수가 늘어도 설거지는 줄지 않는다. 물이 뚝뚝 떨어지는 그릇들을 마른 행주로 닦느라 벌써 자정이다.

3장

BAKING

나 혼자 행복하긴
아까워서

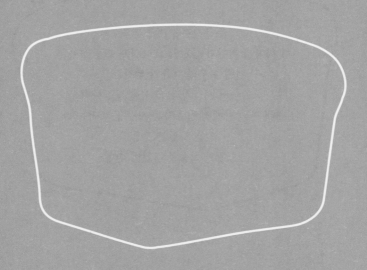

두근거리는 마음으로
한 사람의 취향과 상황을 고려해 메뉴를 정하고
언제 누구와 먹을지 생각하고
먹고 나서 지을 법한 표정을 상상하며
내내 한 사람에게 집중하는 시간을 보내는 건,
받는 사람은 모를
내 몫의 소중한 경험이었다.

내가 만든 게
제일 맛있어

엄마는 요리를 잘하는 사람인 동시에 자신의 요리를 가장 좋아하는 사람이다. 흔한 김치볶음밥을 만들고도 "보미야, 오늘은 정말 맛있어. 그동안 한 것 중에 제일 맛있어"라며 감탄한다. 일주일 후에 또 김치볶음밥을 하고는 "보미야, 이거 너무 맛있어. 오늘 만든 게 최고야. 지난주보다 더 맛있어"라며 과거의 자신을 뛰어넘는 스스로를 또 한 번 칭찬한다.

맛있는 건 사실이지만 자기애가 대단하다고 생각했는데, 베이킹을 하면서 그 마음을 이해하게 됐다. 나는 내가 원하는 맛의 핵심을 가장 잘 아는 사람이니까 내 입에 내가 만든 게 가장 맛있는 건 어쩌면 당연하다. 원하는 맛을 마음껏 만들어 먹을 수 있다는 건 놀라운 축복이다. 디저트숍이 아무리 많아도 내 취향을 빈틈없이 꼭 채워주는 걸 사 먹기란 쉬운 일이 아니니까. 발품을 팔아야 하고 자주 실패의 경험을 쌓아야 한다. 드물게 취향 범벅인 디저트를 만나면 하필 멀리 있어서 자주 갈 수가 없다. 만나긴 쉽지 않고 찾아내면 너무 멀고. '덕계못'이란 말을 이럴 때 쓰고 싶다. 슬픈 일은 또 있다.

몇 해 전 추석 당일. 무화과 크림치즈빵이 생각나서 연휴임에도 알람 없이 일찍 눈을 떴다. 언제 먹어도 맛있지만 공복에 첫 끼로 먹는 빵은 더 맛있다. 따뜻한 아메리카노와 빵으로 시작하는 연휴의 아침은 완전한 행복의 단면 같지 않은가. 당장 완전한 행복을 느끼고 싶어서 서둘러 자주 가던 명장님의 빵집으로 향했다. 그런데 빵집 문 앞에 도착해서야 내가 얼마나 어리석은 실수를 저질렀는지 깨달았다. (나는 항상 너무 늦게 깨닫는다.) 당연히 연중무휴라고 믿었던 명장님의 가게는 1년에 딱 이틀 문을 닫는데 그게 바로 설, 추석 당일이었던 것이다. 황망한 마음에 닫힌 문 안을 하염없이 들여다보면서 미리 휴무일을 확인하지 않은 것을 자책했다. 그러나 지금은 자책보다 대안이 시급하다. 추석 당일에는 문을 여는 곳이 많지 않은데 그렇다고 프랜차이즈 빵집엔 가고 싶지 않았다.

아, 오늘 먹을 빵이 없다니. 하루를 통째로 잃는 기분이었다. 어쩌자고 이런 말도 안 되는 실수를 했을까. 그날의 뼈아픈 경험 이후로 연휴를 앞둔 주간에는 자주 들락거리는 빵순이 카페에서 연휴에도 쉬지 않는 빵집 리스트를 확보해두는 습관이 생겼다. 역시 빵순이 마음 다 똑같다. 휴일에도 닫지 않는 디저트숍과 빵집 리스트를 공유하는 댓글에서 끈끈한 연대감이 느껴진다.

하지만 리스트를 확보한다 해도 집 근처에서 취향에 맞는 디저트를 찾기란 여전히 녹록치 않았고 연휴마다 디저트 수급은 큰 걱정거리였다. 그런데 더 이상 그런 걱정을 할 필요가 없다. 원하는 걸 자급자족할 수 있는 능력이 생겼으니까! 게다가 이젠 못 봐주게 망치는 일도 거의 없고 입맛에 맞는 레시피도 아쉽지 않을 만큼 확보했으니 연휴가 다가와도 속을 태울 이유가 없다. 먹고 싶은 걸 마음껏 만들어 먹을 수 있는 두려움 없는 빵순이의 삶. 든든하다.

베이킹을 시작하고 가장 많이 만든 건 티라미수였다. 마스카르포네 치즈를 충분히 넣은 티라미수, 핑거 쿠키에 촉촉하게 스민 쌉쌀한 에스프레소와 부드러운 크림이 입안에서 춤추는 나의 티라미수를 찾기 위해 얼마나 많은 티라미수를 먹고 다녔던가. 생크림이나 마스카르포네 치즈는 미미한 향으로만 느껴지고 크림치즈 맛만 공격적으로 치고 들어오는 티라미수 때문에 얼마나 많이 상처받고 실망했던가. 하지만 이제 누구의 손에도 기대지 않고 내 손으로 나의 티라미수를 만들 수 있게 되었다. 게다가 초보도 쉽게 완성할 수 있을 만큼 레시피가 간단하니 티라미수는 얼마나 큰 축복인가.

한번 티라미수를 만들기 시작한 후로는 몇 번의 계절이 바뀌는 동안 냉장고에 김치 쟁여두듯 티라미수를 쟁여두었다. 퇴근 후 샤워를 마치고 먹는 티라미수는 일상의 빛이었다. 코코아파우더가 티라미수의 맛을 완성하는데 얼마나 중요한 역할을 하는지 새삼 깨달으며 원없이 만들어 먹었다. 무엇이든 재료가 좋으면 맛은 웬만큼 나오기 마련이다. 취향에 맞춰 마스카르포네 치즈를 아낌없이 넣으면서 "우와. 이걸 사 먹으면 대체 얼마야. 베이킹 덕분에 호강하네" 하고 감탄했다. 베이킹을 시작할 때

'이렇게 사 먹을 바에야 만드는 게 낫겠다'고 생각했던 것이 드디어 실현된 것이다. 너무 만들기 쉬워서 이걸 베이킹이라 해야 할까 싶다가도 쉬운데 맛있기까지 하니 티라미수를 발명한 이탈리아의 누군가를 이제라도 축복해 주고 싶은 마음이었다. 티라미수는 과연 이탈리아의 자랑이다.

친구들에게도 자신 있게 말했다. "티라미수는 내가 만든 게 제일 맛있어. 재료를 원하는 배합으로 쉽게 조절할 수 있거든. 누가 만들어도 본인한테는 자기가 만든 게 제일 맛있을 거야." 내가 만든 게 제일 맛있다는 말을 내 입으로 하는 날이 올 줄이야.

다쿠아즈도 티라미수만큼 오랫동안 질리지 않고 만들어 먹었다. 폭신한 빵과 부드러운 버터크림을 왕 물고 커피로 살살 녹여 먹는 걸 즐겼는데, 다쿠아즈 파는 곳이 흔하지는 않았다. 이렇게 맛있는데 왜 안 파는 걸까. 다행히도 스타벅스에서 다쿠아즈를 판매하던 때라 가끔 아쉬움을 달랠 수 있었다. 접근성 좋은 곳에 다쿠아즈가 있다는 사실만으로도 큰 위안이었다. 그러나 이제 다쿠아즈가 먹고 싶을 때 참을 필요도 아쉬워할 필요도 없으니 베이킹을 시작한 나를 백번 쓰다듬어주고 싶다.

　모든 베이킹에는 가장 마음에 드는 순간이 있기 마련이다. 다쿠아즈를 만들 때는 오븐에 넣기 직전, 팬닝한 반죽을 볼 때가 그렇다. 짤주머니로 반죽을 짜서 그 위에 슈가파우더를 톡톡 뿌려주면 꼭 첫눈 맞은 아기 백구처럼 귀엽고 사랑스럽다. 가끔은 그걸 보기 위해 만들기도 할 만큼 그 모습이 좋았다. 보기만 해도 좋은 걸 먹으면 더 좋다. '역시 내 입맛은 내가 제일 잘 알지' 하고 먹을 때마다 뿌듯하다. 자주 만들면 더 잘하게 되고 그러면 더 마음에 들고 자꾸만 만들고 싶어진다. 선순환의 고리 속에 자신감도 자란다. 그러니 다쿠아즈가 한동안 내 사랑을 듬뿍 받은 건 당연한 일이었다.

　애틋한 마음으로 만드는 디저트도 있다. 마지막 회사를 다니던 시절 모닝 루틴은 출근 전 회사 앞 카페에서 무화과 피낭시에를 먹는 일이었다. 한입에 쏙 넣을 수 있는 걸 최대한 오래 먹으려고 일부러 작게 조금씩 물었다. '이거 먹고 힘내서 돈 벌자'를 외치며 주문을 걸었고 피낭시에는 그 주문의 요술봉이었다. 매일 아침을 함께하는 영혼의 친구 같은 피낭시에를 직접 만들 때는 애정의 농도가 다를 수밖에 없었다.

허전한 속을 채우고 껄끄러운 입맛을 부드럽게 쓸어내려 마음까지 감싸주던 피낭시에를 만들 때면 피노키오를 만드는 제페토 아저씨가 된 기분이었다. 그동안 사 먹던 무화과 피낭시에가 나름대로 괜찮긴 했지만 무화과 양이 너무 적어서 신경 써서 씹어야 그나마 맛이 났다. 무화과는 플레인 피낭시에보단 초코 피낭시에와 더 잘 어울릴 것 같은 아쉬움도 있었다. 그 아쉬움을 모두 채우기 위해 직접 만들 때는 코코아파우더로 진하게 맛을 내고 큼직한 무화과를 듬뿍 넣었다.

원하는 걸 스스로 만들 수 있다는 건 흐뭇하고 가슴 벅찬 일이다. 누가 들으면 코웃음 칠지 모르지만 나도 가끔은 외치고 싶다.

"내가 만든 게 제일 맛있어!"

실력이 부족해도, 남들 입엔 모자라도 내 입엔 세상에서 제일 맛있는 디저트를 굽고 있는 내가 좋다. 베이킹은 빵순이의 비밀병기, 아니 최종병기가 분명하다.

베이킹의 큰 산,
여름 베이킹

언젠가 베이킹 수업에서 선생님이 지나가듯 말했다.

"여름엔 온도 때문에 재료 다루기가 어려울 거예요."

대수롭지 않게 말씀하시기에 대수롭지 않게 들었다. 그게 얼마나 무시무시한 말인 줄도 모르고 흘려들었던 순진한 과거의 나를 어쩌면 좋을까.

무방비 상태로 여름을 맞이한 나는 겨울 러시아의 추위를 모르고 덤볐다가 패전한 나폴레옹 군대의 병사가 된 기분이었다. 이럴 줄 알았으면 오븐을 겨울에 사는 건데. 그랬다면 적어도 두 계절은 안전하게 베이킹을 경험하고 실력을 갖춰 여름을 만날 수 있었을 텐데. 오븐을 늦게 사는 바람에 너무 빨리, 준비 없이 여름을 만났다.

재료와 과정 모든 것이 온도에 이렇게까지 민감할 줄 몰랐다. 여름 베이킹의 장점이라고는 오로지 버터의 크림화가 빠르다는 것뿐이었다. 반죽을 하기 위해서는 대부분 버터를 실온에 미리 꺼내두어 말랑해질 때까지 기다려야 한다. 손가락으로 눌렀을 때 꾹 들어갈 정도의 포마드 상태가 되어야 작업하기 적절한데 이를 버터의 크림화라고 한다. 버터가 말랑해지는 시간이 짧다는 것 말고 그 밖의 모든 과정에서 초보 베이커가 여름을 지나는 것은 스니커즈를 신고 한라산을 등반하는 격이었다.

해마다 기록을 갱신하며 뜨거워지는 여름의 맹렬한 무더위 속에서 재료의 상태는 내 작업 속도를 앞질러 시시각각 달라진다. 반죽을 다룰 수 있는 시간도 짧아져서 같은 시간을 작업해도 금방 질척거린다. 몇 번 조몰락거렸을 뿐인데 질펀해진 반죽 표면이 손바닥에 붙었다가 떨어지면서 성난 고슴도치처럼 뾰족뾰족 올라와 울상 짓게 한다. 사실은 여름이 오기 전부터 고민한 것이 하나 있었다. 바로 에어컨이다. 여름 더위에 오븐의 열기가 더해진다면 에어컨 풀 가동은 필수인데, 베이킹을 하는 몇 시간 동안 과연 내 마음대로 에어컨을 틀 수 있을지 걱정이었다.

우리 집 에어컨의 통제권은 엄마에게 있는데 에어컨을 틀 때 누가 더운가는 중요하지 않다. 엄마가 더워야 마음 편히 에어컨을 틀 수 있다. 엄마가 더우면 합당한 이유가 되지만 다른 사람이 더우면 전기 낭비로 몰리기 십상이다. 그런 상황에서 열기를 쏟아내는 오븐을 틀고 동시에 열기를 식히겠다고 에어컨을 몇 시간 동안 튼다면 엄마의 오해와 잔소리를 피할 수 없다. 그런 이유로 여름엔 작업 횟수를 줄여야겠다고 진작 생각했지만, 여름이라고 맛있는 걸 만들어 먹고 싶은 마음이 줄어드는 건 아니었다.

설상가상, 눈치 보며 에어컨을 튼다고 해서 재료 상태가 내 맘을 따라주는 것도 아니었다. 실내 온도를 아무리 서늘하게 유지해도 재료들은 지금이 여름인지 겨울인지 어쩌면 그렇게 귀신같이 알아차릴까. 내가 버터와 크림이 되어보지 않고서야 그 속을 어떻게 알겠나. 세상이 내 맘 같지 않다지만 이제 무생물의 속을 몰라 답답해할 줄이야.

베이킹과 함께한 첫 여름, 나와 가장 뜨거운 사투를 벌인 것은 초코퍼지 쿠키였다. 부드러운 식감에 진한 초코 맛이 언제 어떤 음료와 곁들여도 조화로운 디저트. 하나 먹으면 두 개 세 개 네 개를 먹을 수밖에 없는 쿠키. 단 하나의 치명적인 문제는 하필 지금이 여름이라는 것이었다.

홈 베이킹의 장점 중 하나는 못난이 쿠키를 만들더라도 부끄러워하지 않고 먹을 수 있다는 것이다. 아무리 구겨져도 만 원짜리 지폐의 가치는 여전히 만 원이듯, 못난이 쿠키라도 맛은 변함이 없으니까. 모두 내 입으로 들어갈 텐데 좀 못생기면 어때. 그래도 못난이 쿠키가 나오는 건 처음 두, 세, 네, 다섯 번이면 충분한데, 이미 넘치도록 실패한 것 같은데도 퍼지 쿠키의 모양은 나아질 기미가 보이지 않았다. 승부욕이 끓어오르기 시작했다. '한번 해보자 이거지.' 그렇게 나는 쿠키의 결투 신청을 받아들이고 날을 잡았다. 오늘은 해가 지기 전에 초코퍼지 쿠키를 정복하겠다고 굳게 다짐했다. 흠 없이 둥글납작한 표면에 깔끔하고 선명한 크랙이 보이는 초코퍼지 쿠키를 꼭 완성해내리라.

결연한 마음으로 아침을 먹자마자 굽기 시작한 쿠키가 일주일은 먹을 수 있을 만큼 쌓였건만 아직도 초코퍼지 쿠키는 항복하지 않았다. 약이 오를 대로 올라 오랜만에 타오른 전투력이 오븐의 열기만큼 뜨거웠다. 이제 둘 중 하나가 가루가 되기 전에 이 판은 끝나지 않을 것이다.

이미 충분히 실패한 종목, 게다가 지금은 여름. 모든 조건이 나에게 불리하지만 결코 포기하지 않고 마침내 싸워 이기리라! 다시 전의를 가다듬고 덤벼들었다. 종이와 펜을 준비하고 각 단계별로 재료 믹싱하는 시간을 꼼꼼하게 기록하며 굽기 시작했다. 그런데 여전히 몇 번을 반복해도 어느 쪽을 건드려도 뭐가 잘못된 건지 갈피를 잡을 수가 없다. 오히려 더 헷갈렸다.

오븐에 들어가자마자 대륙 정벌에 나선 기마병처럼 사정없이 퍼지는 쿠키는 퍼져서 퍼지 쿠키인가 싶게 못났다. 실패는 참을 수 있지만 진전이 없는 건 참을 수 없다. 노트를 펼치고 좀 더 분석적으로 덤벼들었다. 굽는 시간과 온도를 세밀하게 달리하며 변화를 살폈다. 그런데 시간을 늘리거나 줄이는 데 따른 변화에 일관성이 없다. 변수를 예상하고 이리저리 바꿔봐도 감을 잡을 수 없었다. 날씨가 더우니까 휘핑을 더 빠르게 짧게 해야 하나? 아니, 휘핑이 부족했나? 계란과 초콜릿 온도가 잘 맞지 않았나? 오븐 온도가 너무 높아서 확 퍼지는 걸까? 오븐이 작아서 문을 열 때 온도가 너무 많이 떨어지나? 날씨든 오븐이든 뭐든 탓하고 싶었다. 이유를 찾아내야 해결 방법도 나올 텐데 대체 뭐가 문제인지 아무리 들쑤셔봐도 범인은 나오지 않았다.

오븐 옆에 죽은 자의 무덤처럼 쌓여가는 쿠키가 처연해서 마음이 쓰리다. 저 쿠키 산의 희생을 헛되지 않게 하려면 반드시 초코퍼지 쿠키를 정복해야 한다. 블로그 선생님들과 유튜브 선생님들의 말씀을 찾아봐도 정확히 뭘 잘못했는지 속 시원히 알 수가 없었다. 분명 몸이 아프고 이상해서 병원에 갔더니 "스트레스 받지 말고 잠을 푹 주무세요" 같은 말만 듣고 온 것처럼 찜찜했다.

아무리 실패에 익숙한 나지만 이번엔 경우가 다르다. 내상이 깊다. 치열한 전투 끝에 베이킹 클래스 선생님께 구조 신호를 보냈다. 이제 싸워 이기겠다는 마음보다는 대체 뭐가 문제인지 알아내고 싶은 간절함만 가득했다. 나의 우는소리에 선생님은 친절히 어르고 달래며 나름의 해결책을 주셨다. 실시간 코칭을 받으며 팬닝 시간을 줄여보고 믹싱할 때 힘을 더 빼고 살살 섞어보고 숙성 시간도 줄여봤지만 아쉽게도 큰 변화는 없었다. 결국 선생님은 특단의 조치를 내렸다.

"보미 씨, 집에서 쓰는 재료 그대로 계량해서 도구랑 같이 들고 공방으로 오세요. 집에서 하던 그대로 하시면 직접 보면서 잡아줄게요."

혼돈의 늪에 빠진 학생을 혼자 두지 않고 바쁜 시간을 쪼개 도와주시는 정성에 감동해서 눈물이 날 지경이었다. 며칠 후 짐 가방을 들고 선생님의 작업실로 찾아갔다. 선생님 눈앞에서 실패를 시연해야 한다는 게 씁쓸했지만 오늘이야말로 아픈 쿠키를 치료할 수 있는 마지막 기회다. 결연한 자세로 반죽부터 팬닝까지 집에서 하던 대로 반복하고 오븐에 반죽을 넣었다. 그런데 반쯤 구워졌을 무렵 오븐을 들여다보던 선생님이 말씀하셨다.

"잘 나오는 것 같은데요?"

나는 '에이, 아니에요. 다 구워지면 아실 거예요' 생각하며 괜한 웃음을 지어 보였다. 그런데 오븐에서 꺼낸 쿠키는 그동안 본 적 없는 멀쩡한 모습이었다. 내가 그토록 기다리던 동그란 쿠키 위 깔끔하게 갈라진 크랙. '이게 아닌데, 분명히 잘 안 됐는데. 이건 또 무슨 일이지' 미칠 노릇이다. 고장 난 노트북이 서비스센터에만 가져가면 아무 일 없다는 듯 작동하는 경험을 해본 사람만이 내 심정을 이해할 것이다. 지금 모든 것이 짜고 나를 놀리는 건가. 날씨도 재료도 쿠키도, 선생님의 오븐마저도?

"어, 이게 아닌데……. 선생님 분명히 집에서 할 때는 요……. 아니, 왜 갑자기 잘되지?"

얼떨결에 성공해버렸으니 더 이상 뭐가 잘못됐는지 표현할 길이 없었다. 증상을 보여줄 수 없는데 처방을 받을 수가 있나. 결국 선생님과 차 한잔을 마신 후에 멀쩡한 쿠키를 들고 멍한 채 집으로 돌아왔다. 뭐가 문제였을까. 쿠키가 우리 집이 마음에 안 들었나? 선생님 작업실이 좋았나?

확실한 것은 악마처럼 나를 괴롭히던 초코퍼지 쿠키는 무시무시한 여름이 지나고 서늘한 가을이 되자 빨려들 것처럼 고운 얼굴로 다시 한번 나를 사랑에 빠뜨렸다는 것이다. 정말 여름 동안 무슨 일이 있었던 걸까. 기묘하게 끝나버린 초코퍼지 쿠키와의 승부. 혹독한 여름 베이킹 신고식은 그렇게 허무하게 끝이 났다. 그래도 나는 여전히 초코퍼지 쿠키를 사랑한다. 쿠키는 죄가 없다. 누구에게 무슨 잘못이 있는지는 여름만이 알고 있겠지.

한 사람을 위한
마음

"이건 진짜잖아."

안도감에 입꼬리가 실룩거린다. 1년 만에 만난 친구에게 내민 비스코티 다섯 개. 푸짐하게 선물하고 싶어서 욕심내다 보니 거의 바게트 수준으로 커져서 모양은 좀 빠지지만 맛은 합격인 것 같았다. 칭찬이 쑥스러워 머쓱하게 웃고만 있는데 친구가 음미하는 듯한 표정으로 바게트, 아니 비스코티 하나를 다 먹고 하나를 더 먹기 시작했다. 하나는 예의상 먹을 수 있지만 두 개는 진심이니까 맛있다는 게 빈말은 아닌 모양이다.

사실 이 비스코티를 요란하게 준비했다. 1년 만에 만나는 친구에게 내 소중한 취미생활을 처음 소개하는 자리에서 '고작 이 정도야?' 하는 말은 듣고 싶지 않았다. 빵순이가 베이킹을 한다고 하면 어느 정도 기대하기 마련이니까 그런 기대를 망치고 싶지도 않았다. 제대로 된 걸 선물하고 싶었다. (평판을 유지하기란 이렇게 힘들다.) 디저트를 즐기지 않는 친구라 메뉴를 고르기까지도 고민이 많았다. 최대한 달지 않은 걸 생각하다가 고소한 티 푸드라면 출출한 오후에 커피랑 먹기 좋겠다 싶어서 비스코티를 선택한 것이다.

내 취향은 카카오 함량이 높은 다크 커버추어나 초코청크를 넣어 씹는 맛이 좋은 초코 비스코티지만, 친구의 취향을 고려해 견과류를 채우고 아몬드가루 함량을 높인 레시피를 선택했다. 처음 만드는 거라 실패할 게 뻔하고 당연히 연습이 필요한데, 실패는 주말에 하기로 했다. 주중에 실패하는 건 피곤하니까.

예상대로 첫 번째는 실패였다. 너무 두껍게 굽는 바람에 자를 때마다 뚱뚱한 비스코티가 모양을 유지하지 못하고 조각났다. 두께와 모양도 제각각이라 선물로는 쓸 수 없을 정도였다. 이번에도 문제는 레시피대로 하지 않았다는 것. 레시피보다 훨씬 두툼하게 만들어버린 것이다. (많이 퍼 주고 싶은 엄마 마음처럼 큰 걸 주고 싶었을 뿐이다.) 오븐 온도를 제대로 찾지 못한 것도 문제였다. 이래서 연습이 필요했던 거다. 그래도 맛은 성공적이었다. 퍽퍽하지도 않고 느끼하지도 않고 고소한 게 친구 취향에 맞을 것 같았다.

첫 번째 실패에서 얻은 팁으로 주중에 한 번 더 연습했다. 굽는 시간을 줄이고 반죽 두께도 적당히 조절했더니 이번엔 모양이 그럴싸하게 나왔다. 이렇게 계획적으로 준비해서 두 번이나 연습하고 세 번째 구운 것 중에서도 고르고 골라 다섯 조각을 추렸다. 가마에서 꺼낸 도자기가 마음에 들지 않으면 과감하게 깨버리는 장인의 심정으로, 수십 개의 비스코티 중 조금이라도 흠이 있거나 예쁘지 않은 것들은 과감히 내 입속으로 던져버리고 가장 예쁘고 먹음직스러운 것만 남겼다. 포장도 격을 맞추고 싶었다. 비스코티 포장법을 검색하고 코팅 유산지와 리본 끈을 주문하고 망친 비스코티로 이런저런 포장법을 시도해본 후에야 비로소 친구에게 선물할 비스코티가 완성되었다.

최선을 다했지만 먹을 만하다는 말만 들어도 충분한데 "이건 진짜잖아"라니. 말하지 않았는데도 노력을 알아주는 것 같아 뿌듯한 웃음이 났다. 칭찬 몇 마디면 인사는 충분한데 친구는 멈추지 않았다. 그 말을 계속 듣다 보니 '어? 내가 정말 잘했나? 비스코티는 이제 어디 가서 자랑해도 되는 거야?' 하는 생각에 굽었던 어깨가 펴졌다. 베이킹을 시작한 후로 가장 힘이 나는 순간이었다.

누군가를 위해 만든 것 중 가장 오래 준비한 선물은 결국 친구에게 전하지 못한 구움과자 종합선물세트였다. 1년 가까이 병상에 있는 친구의 병문안을 가기로 한 날, 말로 하는 위로가 서툰 나는 선물에 최대한 할 말을 담고 싶었다. 실수 없이 만들 수 있는 걸 가능한 한 많이 선물하고 싶어서 다쿠아즈, 버터쿠키, 녹차쿠키, 크림샌드 쿠키를 만들기로 했다. 치료 중인 친구가 먹고 탈이라도 날까 봐 재료에 더 신경을 썼다.

병원에 가기로 한 날은 목요일이었고 주말부터 시간표를 촘촘하게 짰다. 네 가지 메뉴를 만들려면 시간 분배가 중요하다. 필요한 재료도 미리 장을 봐야 하고 하루에 다 만들 수 없으니 2~3일 전에 만들어도 맛이 크게 달라지지 않을 버터쿠키, 녹차쿠키를 가장 먼저 구웠다. 둘째

날은 숙성이 필요한 크림샌드 쿠키를 만들어 냉장고에 넣어두고, 셋째 날 다쿠아즈를 만들어 대형 종합선물세트를 완성했다. 병실 사람들과 같이 먹고 간호사 선생님들에게도 나눠 줄 수 있을 만큼 충분한 양이었다.

목요일 아침엔 출근길 만원 지하철에서 혹시 상자가 눌려 망가질까 봐 평소보다 한 시간 일찍 집을 나섰다. 회사에 도착해서는 쇼핑백을 꼼꼼히 밀봉해서 탕비실 냉장고에 넣어두고 퇴근을 기다렸다. 전해줄 때 많은 말을 하지는 못하겠지만 그 안에 담은 마음은 친구가 온전히 느끼길 바라며 종일 약간은 들뜨고 긴장된 상태였다. 그러다 오후 5시쯤, 친구에게서 연락이 왔다.

'오늘 몸 상태가 많이 좋지 않아서 면회는 안 되겠어. 아침부터 좋지 않았는데 너랑 꼭 만나고 싶어서 참아보려고 했거든. 그런데 도저히 안 되겠네. 미안하지만 다음에 와줄래?'

혹시 갑작스러운 문제가 생긴 건 아닌지 걱정되는 마음에 메시지를 주고받으며 약속은 다시 정하기로 했다. 준비한 선물세트에 대해서는 말하지 않았는데 다시 생각해보니 사진이라도 보내주면 좋을 것 같았다. 힘든 하루를 보내는 친구에게 내가 널 이만큼 생각하고 있다는 표현이 응원이 될지도 모르니까. 선물상자 뚜껑을 열어 사진을 찍어 보내주었더니 역시나 무척 좋아했다. 잠깐이지만 친구가 웃은 것 같아 다행이었다. 선물을 전해주지 못한 게 서운하지는 않았다. 친구를 생각하며 만드는 과정이 이미 충분한 기쁨이었다.

그냥 만들 때도 즐겁지만 누군가를 생각하며 만드는 건 더 행복했다. 두근거리는 마음으로 그 사람의 취향과 상황을 고려해 메뉴를 정하고 언제 누구와 먹을지 생각하고 먹고 나서 지을 법한 표정을 상상하며 내내 한 사람에게 집중하는 시간을 보내는 건, 받는 사람은 모를 내 몫의 소중한 경험이었다. 이야기와 마음을 담아 선물하고 기대보다 더 크게 감동하는 친구들의 얼굴을 보는 것도 좋았다.

레이먼드 카버의 《대성당》 중 <별것 아닌 것 같지만, 도움이 되는>이라는 단편의 마지막 장면을 좋아한다. 아들을 잃은 부부와 우연히 얽힌 제빵사가 부부에게 갓 구운 빵을 내밀며 말한다.

"내가 만든 따뜻한 롤빵을 좀 드시지요. 뭘 좀 드시고 기운을 차리는 게 좋겠소. 이럴 때 뭘 좀 먹는 일은 별것

아닌 것 같지만, 도움이 될 거요."＊

그리고 또 말한다.

"뭔가를 먹는 게 도움이 된다오. 더 있소. 다 드시오. 먹고 싶은 만큼 드시오. 세상의 모든 롤빵이 다 여기에 있으니."＊

누군가를 위해 베이킹을 하는 내 마음이 그렇다. 친구들에게 별것 아닌 것 같지만 도움이 되는 무언가를 선물하고 싶은 마음. 각 잡고 진지하게 눈물 빼는 위로와 응원을 하는 것도 좋지만 가볍게 툭, 일상적으로 던지는 사소한 위로, 덤덤한 격려도 힘이 될 때가 있으니까. 그래서 할 수 있을 때마다 '세상의 모든 롤빵이 다 여기에 있소'와 같은 마음으로 한 사람을 생각하며 만들고 선물한다. 그러니까 맛없다고 하진 말아줘. 무조건 맛있게 먹어줘, 얘들아.

＊ 《대성당》, 레이먼드 카버 지음, 김연수 옮김, 문학동네, 2014, p. 127

온도를 맞추려면
시간이 필요해

　베이킹을 하다 보면 자르고, 섞고, 성형하고, 굽고, 식히는 과정 사이에 쉼표 같은 과정들이 있다. 본격적이지는 않지만 빠뜨리면 전체를 망칠 수도 있는 과정. 그중 하나가 바로 재료들의 온도를 맞추는 일이다. 가장 자주 온도를 맞춰야 하는 재료는 버터와 계란. 거의 모든 레시피마다 '실온 버터' 그리고 '실온 상태의 계란'이라고 쓰여 있고, 실온 상태를 만들기 위해서는 작업 한두 시간 전 버터와 계란을 냉장고에서 미리 꺼내둬야 한다.

　수많은 시행착오를 통해 얻은 교훈은, 비록 레시피북에서 친절하게 설명해주지 않더라도 뭔가를 하라고 할 때는 다 이유가 있다는 것이다. '실온 상태는 모호한 표현인데, 그렇다면 나도 대충 실온 상태인 척하고 만들어야지' 하고 무시했다가 겪지 않아도 될 일을 겪으면서 얻은 교훈이다. 어느 한쪽만 실온 상태가 되는 건 소용이 없다. 냉장고에서 바로 꺼낸 차가운 달걀을 실온 버터에 섞어버리면 버터의 유분과 달걀의 수분이 섞이지 못하고 분리된다. 버터와 계란을 저어도 몽글몽글해지기만 하고 조화롭게 섞이지 않는다. 서로 온도를 맞춘 후에도 버터에 계란을 한꺼번에 붓고 섞으면 안 된다. 여러 번에 나누어 조금씩 버터 안에 계란을 흘려 넣어야 분리되지 않고 버터와 계란이 하나로 섞인다. 버터와 계란뿐 아니라 하나의 반죽 안에 들어가는 재료는 대체로 비슷한 온도로 맞춘다.

온도를 맞춰야 하는 과정이 또 있다. 반죽을 굽기 전 원하는 온도로 오븐을 예열하는 것이다. 170도에서 반죽을 굽고 싶다면 10분 먼저 오븐을 켜둬야 한다. 반죽을 넣고 오븐 온도를 맞추면 굽는 시간 내내 온도를 올리다 끝이 나고, 원하는 온도에서 충분히 머물지 못한 반죽은 실패할 수밖에 없다. 오븐을 예열하는 게 당연한 것 같지만 초보가 흔히 빠뜨리는 과정 중 하나가 바로 예열이다. 가끔은 알면서도 깜빡하는데, 뒤늦게 온도를 맞추고 오븐이 예열될 때까지 기다리는 동안 반죽 상태가 변해버리기도 한다. 재료 사이의 온도를 맞추는 일, 적당한 온도가 되기까지 시간을 두고 기다리는 일은 베이킹의 또 다른 핵심이다.

사람 사이에서도, 일에서도 온도를 맞추는 건 중요하다. 방송사를 떠나 국제구호개발 NGO로 이직한 첫 주, 같은 팀 동료가 이렇게 말했다.

"앞으로 새로운 리듬에 익숙해져야 할 거예요. 그걸 이해시켜야 할 일도 많아질 테니까 빨리 적응해야 하고요."

그건 현장과 나의 온도 차를 인정하고 서로 맞춰가야 한다는 뜻이었는데, 어렴풋이 짐작했던 그 말의 의미를 첫 출장지에서 제대로 확인했다.

입사 두 달 만에 떠난 첫 번째 출장지는 아프리카 중심부에 위치한 부룬디였다. 방콕, 나이로비, 키갈리를 경유하면서 비행기가 연착되어 예상보다 반나절 늦게 수도 부줌부라에 도착해보니 비행기는 짐을 나이로비에 남겨놓은 채 나만 공항에 데려다놓았다. 공항 직원에게 문의해보니 흔한 일이고 기다리면 안전하게 도착할 거라고 했다. 정말 제대로 올까 하는 불안이 있었지만 그렇다고 어떻게 해볼 수 있는 것도 없으니 믿고 기다릴 수밖에. 다행히 사무실에서 미팅과 가벼운 식사를 하는 동안 짐이 도착했고 늦게 도착한 짐 때문에 우리는 수도에서 예정에 없던 1박을 하게 되었다. 도로 사정이 좋지 않고 가로등도 없기 때문에 안전을 고려해 해가 진 후 장거리 이동은 하지 않는 것이 원칙이라고 했다.

'빨리빨리의 나라', '더 빨리 방송사'의 습성이 몸에 밴 나는 연착, 늦게 오는 짐, 다시 1박까지 자꾸 예상보다 늦춰지는 스케줄에 마음이 조급해졌다. 다음 날 아침 서둘러 채비를 하고 출발하기 전, 목적지인 루타나 지역까지 얼마나 걸리는지 동행하는 현지 직원에게 물었다. 그는 "금방 가요"라고 대답했고 나는 우리나라 4분의 1 크기만큼 작은 나라니 역시 금방이군 하고 안심해버렸다. 우리 사이의 '금방'이 어떻게 다른지 확인했어야 했는데. 그들이 말하는 금방은 차로 꼬박 네 시간을 달려야 한다는 뜻이라는 걸 루타나 숙소에 도착해서야 깨달았다.

부룬디는 '천개의 언덕의 나라'라 불리는 옆 나라 르완다와 지형이 비슷한데, 비포장도로로 이어진 구불구불 산길을 달려 이동하는 것은 한국에서의 도로 주행과 전혀 달랐다. 당연히 같은 거리를 이동해도 시간이 훨씬 많이 걸렸다. 그렇게 새로운 리듬에 익숙해져야 한다는 말의 의미를 조금씩 실감했다.

　부룬디에서 보낸 일주일은 나와 현장의 온도 차를 이해하는 중요한 시간이었다. 왜 이메일을 보내면 답이 하루이틀 만에 오지 않는지, 확인하고 싶은 마을 정보 몇 가지를 받아보기까지 왜 그렇게 오랜 시간이 걸리는지 이해하게 되었다. 많은 경우 마을까지는 험한 산길을 몇 시간씩 오가야 하고, 만나야 할 마을 주민을 만나지 못해 허탕 치고 돌아와야 하는 경우도 많고, 우기엔 도로 사정이 험악해져 마을을 찾아가는 시간이 몇 배 더 길어지기도 한다는 걸 알아가면서 현장에 대한 물음표를 하나씩 지웠다.

　그리고 이후 각종 미디어 동행취재 업무를 맡으면서 취재진에게 현지 상황을 설명하고 이해시키는 일을 맡게 되었다. 직전까지는 나도 취재진의 입장이었는데, 반대 입장이 되고 보니 가끔은 원하는 대로 일이 빠릿빠릿하게 진행되지 않는다고 답답해하던 과거의 내가 떠올라 머쓱해지곤 했다.

　부룬디 출장을 시작으로 오랫동안 나의 업무는 마냥 뜨겁기만 한 한국 방문자들의 온도와, 그들에겐 미적지

근하게 느껴질 현장의 온도를 맞추는 일이었다. 한국 방문객들에게는 왜 몇 가지 정보를 확인하는 데 그렇게 오래 걸릴 수밖에 없는지, 왜 꼭 취재 전에 시간을 할애해 마을 위원회, 원로들에게 인사를 해야 하는지, 야간 이동은 왜 안 되는지를 매번 설명해야 했다. 현지 직원들과 취재와 관련된 주민들에게는 한국에서 온 사람들이 왜 그렇게 서두르는지, 요구하는 정보는 왜 그렇게 많은지를 차근차근 설명해야 했다. 취재가 시작되기 전 서로의 온도 차를 최대한 줄이기 위해 기회가 될 때마다 양쪽에 서로에 대해 설명했다.

하지만 온도를 맞추는 데 설명보다 강력한 건 함께 시간을 보내며 직접 겪어보는 것이었다. 함께 수도에서 지방 도시로 이동하고, 사무실과 마을 사이를 직접 다니면 자연스럽게 이해하게 된다. 그런 이유로 본격 취재를 시작하기 전에는 가능한 한 오래 주민들과 카메라 밖의 시간을 보냈다. 아이들과 어울려 놀기도 하고, 마을의 일상을 지켜보고, 주민들에게 다시 한번 면대면으로 우리의 방문 목적과 취재 내용에 대해 이야기했다. 그렇게 시간을 보내면서 취재진과 마을 사이의 온도를 조금씩 맞춰 갔다.

온도 맞추기는 현장에서만 필요한 게 아니다. 내가 매일 복닥거리는 사무실에서도 중요하다. 나의 온도가 기준이 될 수 없다는 걸 끊임없이 자각해야 한다. 내가 뜨겁다고 함께 일하는 모두가 나만큼 뜨겁기를 바라선 안 된다. 특히 더 뜨거운 쪽을 열정적이라고 추켜세우는 한국 문화에서는 더욱 조심해야 할 일이다. 그래서 내가 좋아하는 일이라고 해서 '왜 나만큼 뜨겁지 않느냐'라고 다그치는 태도가 누군가에겐 상처가 될 수 있다는 걸 수시로 스스로에게 상기시켰다. 연차가 쌓이고 함께 일하는 후임이 늘어날수록 온도를 맞추는 일에 더욱 신경이 쓰였다. 때로는 내 온도가 너무 차가워서 열정적으로 일에 몰입하는 동료의 마음을 해치는 일도 있었다. 결국 온도 차로 분리되는 버터와 계란처럼 그 프로젝트는 지지부진하게 진행됐다. 그때 서로 온도를 맞추는 시간을 가졌더라면 어땠을까.

어느 쪽의 온도도 함부로 강요하지 않고 서로 온도를 맞춰가는 노력은 언제든 필요하다. 온도를 맞추기 위해서 기다리는 시간도 필요하다. 버터와 계란을 미리 꺼내 놓고 기다려야 하는 것처럼, 오븐을 미리 켜두고 기다려야 하는 것처럼.

미리 꺼내둔 버터를 손가락으로 눌렀을 때 버터가 쑥 들어가면 작업하기 좋은 상태로 준비됐다는 오케이 사인이다. 오븐이 원하는 온도에 도달하면 초록불이 들어온다. 오케이 사인이다. 나도 오케이 사인이 나기 전까지는 성급하게 나서지 말자고 내 마음을 꾹꾹 누른다. 아직도? 아직도? 하면서 버터를 수시로 찔러보지만 그래도 함부로 섞지는 않는다. 느긋하게 기다리려면 좀 더 훈련이 필요하겠지만, 우선은 기다릴 수 있는 내가 되어가고 있다는 것만으로도 조금은 성공이다.

베이킹 메이트
만들기

베이킹은 혼자 하는 일이라 좋았다. 회사에서도 가급적 혼자 할 수 있는 일을 하고 싶었지만 그건 유니콘처럼 상상 속에서만 존재했다. 나와 업무 스타일이 전혀 맞지 않는 사람과 한 팀으로 프로젝트를 진행해야 할 때도 있고(심지어 그 프로젝트가 연간으로 진행되기도 한다) 피곤한 파트너와도 꾸준히 만나야 하고, 오후 3시쯤 나타나 갑자기 업무를 툭 던지며 "퇴근 전까지"라고 말하는 상사와도 일해야 한다. 회의 시작부터 움찔움찔하다가 회의실을 나올 때쯤엔 입이 댓 발 나올 만큼 맘에 들지 않아도 꾸역꾸역 해내야 하는 일들이 있다. "이런 게 다 월급에 포함돼 있는 거야" 하고 어깨를 두드리는 동료의 말을 들으면서도 나는 포기하지 않고 혼자 할 수 있는 일을 꿈꿨다.

결국 회사에서는 이루지 못한 꿈이었고 그래서 베이킹이 좋았다. A부터 Z까지 모든 걸 혼자 할 수 있다는 것이 매력적이었다(설거지는 빼고). 귀찮고 수고로울지언정 베이킹은 이유 없이 나를 화나게 하지 않는다. 사고를 치고 실수로 망치는 건 나 자신일 뿐 베이킹은 갑작스러운 사고를 만들지 않는다. 누구의 개입도 없고 잘못은 모두 내게 있으니 나만 잘하면 된다. 버터와 밀가루는 말도 없다. 회의 시간 내내 불필요한 말을 쏟아내는 사람들과는 다르다. 베이킹 하는 동안 들리는 소리는 재료가 섞이는 예쁜 소리, 내가 뭔가를 떨어뜨리며 사고 치는 소리뿐이다.

게다가 누구에게 조금도 뺏기기 싫을 만큼 모든 과정이 흥미진진하고 재미있으니 그 기쁨을 독점할 수 있다는 것이 가장 좋다. 과정이 모두 내 것이니 결과도 당연히 내 것이다. 수고한 성과를 뺏겨 억울하게 입술을 깨물 일도 없다. 잘해냈을 때 뿌듯한 기분도 내 것이고 기대와 다른 결과가 나와도 스스로에게 한숨이 날 뿐이다.

그런데 어느 순간 이 재미를 함께 나눌 사람이 있으면

좋을 텐데, 때때마다 느끼는 기쁨에 공감하고 쿵짝을 맞춰줄 사람이 있으면 좋을 텐데 하는 아쉬움이 생겼다. 각자의 베이킹을 하면서도 기쁨은 공유할 수 있는 누군가가 필요했다. 지금 내 손에서 일어나는 일, 하나의 세계가 완성되는 기쁨을 나도 알고 너도 아는 상황은 설렘 그 자체 아닌가. 나의 종자기를 찾을 때가 된 것이다.

사실 나는 이 좋은 일을 함께하고 싶은 한 사람을 오래전부터 마음에 두고 있었다. 이날을 위해 수년간 그에게 묵묵히 빵과 디저트를 먹이고 빵 투어 할 때마다 새로운 메뉴를 사 나르고 맛집을 소개하며 흥미를 유지하도록 노력했다. 타깃은 바로 우리 집에 사는 쁘띠 빵순이.

동생은 나만큼은 아니어도 디저트 덕력이 좋은 편이다. 하루 한 끼를 먹어야 한다면 밥을 포기하고 디저트를 먹을 수 있을 정도니까 함께 베이킹을 하기에 충분하다. 게다가 동생은 내가 아는 모든 사람 중 가장 예민한 후각을 가졌다. 그와 한 세트로 미각 역시 예민하다. 함께 베이킹을 하면 나의 빈틈을 메워줄 좋은 동료가 될 것이다. 이제 나의 큰 그림을 완성할 때다. 1년 전 "난 먹는 게 좋지 만드는 건 아니야" 하고 귀를 닫았던 동생이지만 역시 공든 탑은 무너지지 않았다.

"너의 손재주와 관심을 펼칠 기회잖아. 직접 네가 원하는 케이크를 디자인한다고 생각해봐. 네 머릿속에 있는 그림을 케이크 위에 그리는 거지. 벌써 재미있지 않아?"

정확한 포인트를 공략하자 동생은 슬슬 흔들리기 시작했다. 처음부터 알고 있었다. 결과는 뻔했다. 덤덤한 척 평소처럼 같이 디저트숍을 찾아다니면서 몇 마디 쿡쿡 찔러주자 어느 순간 동생은 나와 함께 케이크 베이킹 클래스를 찾아보고 있었다. 디자인에 관심 많은 동생이 흥미로워할 것 같아서 함께하는 첫 클래스는 버터케이크로 정했다. 마침 크리스마스 즈음이라 성탄절 분위기를 완성해줄 귀여운 산타 케이크를 골랐다.

수업이 진행되는 동안 처음 해보는 버터크림 아이싱에 정신을 다 빼앗겨서 동생의 산타 할아버지가 어떤 얼굴인지, 수염이 얼마나 곱슬곱슬한지 충분히 확인하지는 못했지만 가끔씩 힐끗거리며 본 동생의 입술은 집중한 모양새가 분명했다. 몇 시간 만에 산타 할아버지를 완성하고 나서는 뿌듯한 미소를 짓는 것도 봤다. 제대로 문턱을 넘은 것이다.

그날의 산타 케이크는 어딘가 엉성했다. 동생의 산타 할아버지는 얼굴이

좁고 코가 작았고 나의 산타 할아버지는 눈 사이가 멀고 얼굴이 많이 넓적했다. 그래도 서너 시간 수고해서 만들었으니 내 눈에는 충분히 사랑스러웠다. 오래 보아야 예쁜 케이크 하나는 친구네 크리스마스 파티용으로 보내고 얼굴이 좁은 산타 할아버지만 집으로 모셔왔다. 그런데 예상치 못한 문제가 발생했다. 얼굴이 있는 케이크를 먹는 건 처음이었는데 포크를 들 때마다 마치 케이크에 영혼이 있는 것처럼 느껴져 먹기가 미안했다. 최대한 할아버지의 얼굴을 피해서 뒷머리부터 조금씩 잘라 먹다 보니 마지막에는 종이 인형처럼 얄팍하게 할아버지의 얼굴만 남아버렸다. 다음부터 얼굴이 있는 케이크는 만들지 말아야겠다. 먹을 때마다 죄책감이 드는 건 싫다.

내가 할아버지의 얼굴을 피해 케이크를 먹을 때마다 동생은 할아버지의 얼굴을 보며 '더 잘 만들 수 있었는데' 하는 아쉬움의 눈길을 보냈다. 이미 수많은 실패에 단련된 나는 첫 도전에 이 정도면 제법이라고 생각했지만 동생은 나보다 욕심이 많았나 보다. 어쨌거나 확실한 건 동생의 마음에 제대로 시동이 걸렸다는 사실이다. 내가 그랬듯이 뭘 자꾸 검색해본다. 같이 서점에 가면 자연스럽

게 레시피북을 기웃거린다. 원하던 대로 되었다. 본격 시
작인 것이다. 바람을 살짝만 불어주면 활활 탈 것 같다.

　그래, 그동안 내가 돈 벌어서 베이킹 도구며 장비들 다
마련해뒀으니 너는 숟가락만 얹으면 되잖아. 얼마나 좋
아. 앞으로 같이해보자. 이 행복한 일을.

20대 초반 호주에서 머물 때였다. 종종 지인들 집에 초대받아 함께 식사할 기회가 있었고 그날은 키미네 집에 초대를 받았다. 고등학생이었던 키미는 '우리 집만의 디저트'를 가지고 있는 게 호주에서는 중요한 문화라고 했다. 그게 정말 보편적인 문화인지 키미만의 생각인지는 모르겠지만 실제로 저녁 초대를 받을 때마다 그 집만의 특별한 디저트를 맛봤던 것만은 사실이다.

키미는 저녁 식사 전부터 오늘의 주인공은 저녁 메뉴가 아니라 식후 디저트라며 자부심 가득한 표정으로 나의 기대감을 부풀렸다. 그날의 디저트는 크렘 브륄레 비슷한 것이었는데 과연 키미가 저녁 내내 자랑할 만한 맛이었다. 캐러멜라이징 된 설탕 안쪽에 커스터드보다 더 부드럽게 흐르는 질감의 크림이 들어 있었고 크림을 한 스푼 떠 먹으면 여러 가지 반건조 과일이 씹혔다. 처음 먹어보는 메뉴라 뭐라고 불러야 할지 몰라 이름을 물어보니 "키미's 디저트" 하는 식의 이름을 알려줬다. (만들기는 엄마가 만들었는데 왜 키미's 일까.)

그날 특별 디저트의 맛보다 인상적이었던 것은 우리 집만의 디저트를 중요하게 여기는 문화였다. 세상에 하나뿐인 레시피로 만든 디저트를 대접받으니 저녁 식사가 훨씬 격조 있게 완성되는 것 같았고 귀한 손님이 된 것 같은 기분이었다. 실제로 그날의 저녁 메뉴는 잊었지만 디저트는 십수 년이 지나서도 기억하고 있으니 '우리 집 디저트'의 중요성은 충분히 입증된 셈이다. 그리고 그날 나의 오랜 로망이 된 한 가지를 다짐했다. 나도 언젠가 독립을 하고, 우리 집, 아니 나의 집에 친구들을 초대하면 그때는 내 집에서만 맛볼 수 있는 특별한 디저트를 대접해야겠다고.

내가 가장 많은 디저트를 먹어본 나라는 태국이다. 당연하다. 가장 많이 가본 나라니까. 최근 10년간 적어도 1년에 두 번은 태국에 다녀왔고 어떤 해에는 계절마다 한 번씩 가기도 했다. 아무리 가도 질리지 않았고 갈 때마다 익숙한 듯 신선한 기운이 좋았다. 돌아오는 날부터 방금 떠나온 도시가 그립고 당장 다시 돌아가고 싶었다. 물론 관광보다는 친구들을 만나기 위해 방문한 적이 더 많지만 가끔 친구들에게 알리지 않고 혼자 다녀오는 것도 좋았다.

　태국에서 가장 많이 먹은 음식은 예상외로, 혹은 예상대로 디저트다. 뻔질나게 태국을 드나드는 동안 재래시장에서 파는 전통 디저트부터 서양식 디저트까지 꾸준히 많이도 먹었다. 동행이 있을 때는 하루 한 번 정도 마음에 드는 카페에서 여러 개의 디저트를 시켜 먹었고 혼자 여행할 때는 종일 디저트만 먹기도 했다. 아침부터 밤까지 코스를 짜서 아침 대신 디저트, 점심 대신 디저트, 저녁 대신 디저트, 사이사이 디저트로 하루를 채웠다. 여행에서만큼은 수고한 나에게 주는 보상의 의미로 고급 애프터눈 티 카페에 들어가 기분을 내기도 했다. 가끔은 "끼니를 낭비했어. 더 좋은 걸 먹었어야 했는데" 하고 실망했지만 곧 다음 디저트로 만회했다. 죄책감 없이 원하는 디저트를 마음껏 먹으면서 제대로 몸과 마음을 쉬게 했다.

여행자의 천국 방콕은 디저트 천국이기도 하다. 매일 먹어도 끼니가 모자랄 만큼 먹어보고 싶은 것이 많다. 그렇다 보니 다양한 곳에서 최대한 많은 메뉴를 맛보기 위해 같은 메뉴를 두 번 먹는 일은 거의 없는데, 드물게 여러 번 먹는 메뉴가 있다. 바로 이름도 예쁜 바노피 파이. 이제껏 태국에서 맛본 디저트 중 나를 가장 강렬하게 사로잡은 하나를 꼽자면 단연 바노피 파이다. (영국 디저트를 방콕에서 즐긴다는 건 좀 어색하지만 맛있으면 됐지, 뭐.) 한국에서는 좀처럼 찾아보기 힘들지만 바나나를 쓰는 메뉴라 그런지 방콕에서는 어렵지 않게 찾을 수 있다. 캐러멜, 초콜릿, 바나나, 생크림. 재료만 들어도 벌써 맛있다.

처음 바노피 파이를 만난 날을 잊을 수 없다. 쇼케이스 안에 단면이 잘 보이도록 잘라놓은 바노피 파이와 눈이 마주친 순간 직감적으로 알았다. 이건 분명히 내가 좋아할 맛이다. 예감은 틀리지 않았고 하나를 다 먹자마자 바로 하나를 더 주문했다. 아쉽게도 몇 개월 후 다시 갔을 때 그 카페에서는 더 이상 바노피 파이를 팔지 않았고(그렇게 맛있는데 왜였을까) 맛 좋은 바노피 파이를 찾기 위한 여정이 시작되었다. 이미 가장 좋은 바노피 파이를 맛봤는데, 그만그만한 녀석들에게 만족할 순 없었다. 다시 최상의 바노피 파이를 찾기 위해 방콕에 갈 때마다 바노피 파이를 파는 카페를 찾아다녔다. 건기의 후끈거리는 방콕 거리를 땀범벅이 되도록 걷는 일도 기꺼이 참아냈다. 이때를 위해 내가 한국에서 걷는 빵 투어로 나를 단련했던 거지.

마침내 그렇게 찾아낸 나의 두 번째 바노피 맛집. 그 감격을 나눌 사람이 없다는 사실에 동행 없이 혼자 온 것이 아쉬울 정도였다. 바노피 파이 외에도 그 카페의 메뉴는 수준 이상이었지만 내 눈엔 오직 바노피 파이뿐이었다. 방콕에 갈 때면 일정 중 적어도 두 번 이상 들러 그곳의 바노피 파이를 먹었다. 이국땅의 단골 카페 단골 테이블에 앉아 달콤한 휴식과 보상의 맛을 만끽했다. 푸른 초록이 폭포처럼 쏟아지는 창밖 풍경을 보면서 여유롭게 커피 한 잔과 바노피 파이를 음미하는 순간은 그야말로 판타지 같았다.

한 입 먹을 때마다 내가 바노피를 발견하고 그중에서도 이렇게 맛있는 곳을 찾아냈다는 사실이 대견했다. 그걸 한국에선 쉽게 맛볼 수 없다는 사실이 아쉬우면서도 그래서 좋았다. 여행을 더 특별하게 만들어주는 디저트, 그게 진짜 여행의 맛인 것 같아서. 그리고 결심했다. 오래 전 생각했던 '우리 집 디저트'를 만들게 된다면 그건 바노피다. 언젠가 여행을 마음껏 즐길 수 없는 날이 올지도 모르니까 오래 그립고 아쉬울 맛을 직접 만들어야겠다고 다짐했다. (그런 날이 예상보다 빠르게 불쑥 찾아올 줄은 몰랐다.)

홈 베이킹을 시작하고 맞이한 두 번째 여름, 호주와 방콕을 거쳐 키워낸 나의 로망 바노피를 직접 만들어보기로 했다. 누구의 레시피도 아닌 나만의 레시피로 파이가 아닌 케이크를 만들기로 했다. 혀끝이 기억하는 맛, 기억 속의 맛을 떠올리며 취향을 더해 레시피를 구성했다. 카카오 함량을 높이고 캐러멜의 단맛은 조금 줄여 적당히 쌉쌀하게, 부드러운 생크림의 맛은 충분히 살려서 레시피를 완성했다. 아직 모양은 어설프지만 맛을 잡은 후에 다듬으면 된다.

몇 번의 자가 테스트를 거쳐 만든 첫 번째 바노피 케이크의 최종 검수는 동생에게 맡겼다. 시식에 앞서 내가 맛본 바노피 파이의 맛을 최대한 생생하게 전달하려고 노력했지만 동생은 듣는 둥 마는 둥 관심이 없었다. '맛있으면 맛있는 거지, 뭘 그렇게 설명하는 거야' 하는 표정이었다. 그러니 더 입이 바짝 마른다. 내가 전하고 싶은 맛의 감동이 지금 이 케이크 안에 얼마나 담겨 있는지 확신할 수가 없으니, 혹시 동생이 바노피에 대해 잘못된 첫인상을 가지게 될까 봐 안절부절못할 수밖에 없었다. 게다가 이건 내가 만든 인생 첫 레시피인데 실패하고 싶지 않았다.

이렇게 의미투성이인 바노피 케이크가 동생 입으로 들어간다. 포크로 케이크를 떠서 입에 넣기까지 모든 동작이 슬로모션으로 보인다. 요리 경연대회에 나온 것도 아닌데 왜 이렇게 떨리는 거야. 마침내 한 입 푹 떠먹은 동생이 '의왼데?' 하는 눈으로 "맛있어" 하고 말했다. "맛있다고? 정말이야? 정말 맛있어?" 몇 번이나 확인했다. 맛 평가에 냉정한 동생의 예상치 못한 반응에 마음에 공기가 한 줌 들어온 듯 설렜다. '역시 이래서 많이 먹어봐야 좋은 디저트를 만들 수 있는 거야. 빵순이 인생 의미 있었어.'

바노피 케이크 레시피가 최종 완성을 앞둔 그해 가을, 동생과 방콕에 갔다. 당연히 나의 단골 카페에서 바노피 파이 맛보기가 첫날 일정에 포함되었다. 나를 사로잡은 맛이 정말로 그럴 만했다는 인정을 받고 싶었다. 동생은 이번에도 "그렇게까지 먹어야 돼? 다른 디저트도 많잖아" 하며 심드렁했지만 '그런 말은 맛본 후에 해' 하는 마음으로 단골 카페 단골 테이블에 동생을 기어이 앉혔다. 결과는 예상한 대로였다.

바노피 파이를 한 입 먹자마자 동생 머리 위로 폭죽이 터졌다. 내가 왜 그렇게 바노피 레시피에 집착했는지, 왜 꼭 이걸 먹어봐야 한다고 우겼는지 다 이해한 것 같았다. 동시에 이 맛있는 걸 한 번만 먹을 순 없다는 것도 깨달은 듯했다.

바노피 파이를 맛본 후 동생은 바노피 케이크 레시피에 나보다 더 적극적으로 달려들었고 한국에 돌아오자마자 우리는 레시피를 완성했다. 좋은 맛을 알아버렸고 그 맛을 소유하고 싶은 사람이 둘이 되었으니 당연했다. 내가 만들어둔 레시피에 동생의 섬세한 미각과 미감이 완성도를 더해주었다. 20대 초반 결심했던 '우리 집 디저트'가 '우리의 바노피 케이크'로 완성된 것이다. 이제 방콕이 그리울 때도 먹을 수 있고, 누군가 "너희 집 특별 디저트는 무엇이니?" 하고 물을 때도 자신 있게 말할 수 있게 되었다. (그런 질문을 누가 해주면 좋겠다.) 게다가 그 케이크가 여전히 한국에선 흔하지 않은 메뉴라는 사실이 특별함을 더해준다.

언젠가 우리 집에 초대된 손님에게 이 특별하고도 의미 있는 바노피 케이크를 대접하게 되는 날, 나도 말해야지.

"오늘의 주인공은 저녁 메뉴가 아니라 식후에 먹을 디저트야."

나의 소중한
시식단

동생과 함께 케이크 클래스에 가는 날, 막 현관을 나서려는데 엄마가 말했다.

"만들어서 하나는 H 줘. 두 개는 다 먹기에 많잖아."

"(왜 많을까? 그동안 우리가 케이크를 어떻게 먹어왔는지 잊었나?) 그래? 뭐, 알았어. 말해볼게."

엄마의 말을 흘려듣고 클래스에 앞서 뼈다귀감자탕 집으로 향했다. 우리가 만든 케이크를 최적의 상태에서 맛보기 위한 준비랄까. 미리 얼큰한 감자탕을 먹어두면 케이크를 만드는 동안 감자탕의 진한 양념이 몸 안에 퍼져 마침내 달콤함을 즐기기 가장 좋은 순간이 되었을 때 완성한 케이크를 맛볼 수 있기 때문이다. 케이크 시식을 위해 이토록 섬세하게 컨디션을 조절하며 수업에 임했고 선생님의 설명이 흐름을 타서 이제 막 손이 바빠지려는 데 전화벨이 울렸다. 엄마였다. 무슨 급한 일인가 싶어 선생님의 양해를 구하고 전화를 받자마자 엄마가 말했다.

"케이크 H 주기로 했어?"

"아니, 아직. (사실 지난주에도 줬는데 빵순이가 아닌 이상 매주 홀 케이크를 받는 건 부담스러울 수 있잖아. 우리 케이크가 어디 가서 천덕꾸러기 되는 건 원치 않아. 또 케이크를 받으러 굳이 차를 끌고 오는 것도 번거로운 일이고.)"

"그래? 다행이다. 그냥 주지 말고 두 개 다 가져와."

"왜? 그것 때문에 전화했어?"

"응. 생각해보니까 다 먹을 수 있을 거 같은데, 벌써 준다고 말했을까 봐."

뒤늦게 잘못된 판단을 후회하고 다급하게 전화한 엄마의 마음을 충분히 이해한다. 그렇지. 빵순이 가족에게 홀 케이크 두 판이 뭐가 부담이라고. 역시나 두 개의 홀 케이크는 이틀 만에 사라졌다. 케이크란 것이 그렇다. 식후 두어 조각 먹고 아침에 입이 텁텁할 때 조금 먹고 오후 티타임 하면서 먹고 저녁에 출출할 때 한 조각 먹으면 금방 사라진다. 게다가 이번에 만든 케이크는 엄마가 가장 좋아하는 딸기 생크림 케이크였고 다행히 엄마 입맛에 잘 맞았는지 먹을 때마다 칭찬을 아끼지 않았다. 친구에게 하나 줬다면 큰일 날 뻔했지.

엄마는 내가 만든 모든 디저트의 첫 번째 시식단이자 가장 보편적이고 대중적인 입맛을 가진 시식요원이다. 엄마 입맛에 맞으면 기본은 했다고 볼 수 있다. 특히 엄마가 좋아하는 생크림 케이크, 녹차나 쑥 같은 재료를 쓴 디저트는 좀 더 냉철한 평가를 받을 수 있다. 한번은 엄마가 "보미야, 그때 먹은 녹차쿠키 또 만들어줘. 맛있더라" 한 적이 있는데 아무렇지 않은 척 "알았어" 하고 대답했지만 속으로는 작은 환호성을 질렀다. 내 레시피가 통했다는 확증, 나를 믿고 뭔가를 주문했다는 사실에 대한 뿌듯함, 실망시키고 싶지 않은 책임감이 동시에 밀려왔다.

엄마의 입맛은 보편적이지만 까다롭기도 해서 그동안 퇴짜 맞은 메뉴도 적지 않다. 기준에 차지 않으면 맛없다는 말을 나름의 방식으로 돌려서 표현한다. 오늘은 입이 깔깔해서, 배불러서, 지금은 뭘 먹고 싶지 않아서라며 접시를 한쪽으로 밀어버리고 옆에 있는 과자 한 봉지를 다 먹는 식이다. 말보다 강력한 행동의 시식평이다. 그러니

"또 해줘"는 엄마에게 들을 수 있는 최상급 시식평인 것이다. 나이스!

엄마가 대중적인 입맛의 기준이라면 나의 빵순이 친구에게서는 전문적이고 구체적인 평가를 들을 수 있다. 그녀의 피드백은 실질적으로 레시피에 반영하기에 유용하다. 조심스럽게 구체적으로 맛을 평가해준다. 그냥 맛있다는 말은 만드는 사람에게 도움이 되지 않는다는 걸 알고 있기 때문에 하나마나한 인사치레는 하지 않는다. 받은 즉시 먹었을 때와 하루 지나고 먹었을 때의 식감 차이를 비교해주고 재료 간 맛의 충돌은 없는지 말해준다. 거기에 그녀의 주관을 가미해 초코 맛이 더 진해도 괜찮겠다, 크림 질감이 조금 아쉽다, 향이 진한 것을 살짝 눌러주면 좋겠다, 같은 의견을 준다. 내가 원하는 정직하고 객관적이면서도 사기를 꺾지 않는 시식평이다. 가끔 그녀의 회사(나의 옛 직장) 근처로 가서 새로 만들어본 것을 한 꾸러미 안겨주면 동료들과 나눠 먹고 풍성한 피드백을 준다. (이래서 당신은 나의 영원한 빵 메이트.) 시식요원이 많아질수록 레시피를 보완하는 데 도움이 된다는 점에서 그녀는 언제나 1급 시식단이다.

내가 만든 것 중 독점적으로 케이크를 가장 많이 받은

사람은 H다. 가까이에 살기도 하지만 H의 먹성 좋은 조카들이 케이크 촛불을 후- 불어 끄는 세리머니를 좋아하기 때문이다. 예의 차리지 않는 어린이들의 순수한 시식평은 어른들의 평가와 다른 방식으로 도움이 된다. 어른들은 "그냥 맛있다고 하지 말고 객관적으로 말해줘"라고 아무리 말해도 대체로 "정말 그냥 맛있는데?"라고 답하지만 아이들은 먹는 양으로 바로 표현한다. 예의상 조금 더 먹어주는 일 같은 건 없다. 그래서 가장 긴장하게 만드는 시식단이기도 한데 다행히 H의 조카들은 내가 만든 케이크를 잘 먹어준다. 가끔 "한 번에 한 판을 거의 다 먹었어" 같은 후기가 오면 별 다섯 개를 받은 기분이다. 이 녀석들, 고맙다.

이런 주요 시식단 외에도 꽤 많은 시식단이 있다. 뭔가 만들고 나면 자연스럽게 즐거운 마음으로 먹어줄 사람들을 떠올린다. 평소 "나는 빵은 별로"라고 소신을 밝힌 지인들은 미안하지만 제외한다. 이왕이면 내 소중한 디저트를 아끼는 마음으로 먹어주는 사람이 좋으니까.

가끔은 내가 너무 자주 디저트를 안겨줘서 지겹지는 않은지 조심스레 물어본다. 다행히 모두가 손사래 치며 "싫을 이유가 뭐야, 선물해주면 고맙지"라고 한다. 엄마만 종종 만든 거 또 만들지 말고 새로운
걸 해 오라고 투덜거릴 뿐이다. (하나를 제
대로 하려면 어쩔 수 없이 반복해야 하니까 엄
마가 좀 참아.) 엄마보다 훨씬 솔직하고 냉정
한 시식요원이자 시식단 피라미드 꼭대기에 앉아 있는
사람은 역시 동생이다. 쁘띠 빵순이에, 탁월한 미각과 후
각까지 갖춘 동생은 시식요원 끝판왕이다. 대중성 등급
판별요원인 엄마, 맛 평가 끝판왕인 동생과 한 가족인 빵
순이라니, 이건 운명인가 싶다.

　내 취향에 맞는 어떤 것을 같은 마음으로 즐겨주는 사
람들. 내가 얼마나 이 취미를 사랑하는지 알고 기꺼이 동
참해주는 친구들. 가끔 부끄러워질 만큼 칭찬을 아끼지
않는 사람들. 나의 부족한 점을 촘촘히 채워주는 소중한
시식단. 베이킹은 모든 걸 혼자 할 수 있어서 좋다고 생각
했는데, 나는 만들 뿐이고 그 이후 빈틈을 채워주는 건 또
다른 사람들이었다. 처음엔 혼자 할 수 있어서 좋았던 베
이킹이 이젠 같이 나눌 수 있어서 더 좋아졌다.

마지막
퇴사

　오래 다닌 직장을 마무리하고 다른 곳으로 옮기기로 했다. (돌아보면 이미 그때부터 인생의 방향을 틀고 있었던 것 같다.) 퇴사를 앞두고 밀린 휴가를 썼고 마지막 출근을 앞 둔 주말엔 종일 베이킹을 했다. 고마운 동료들에게 직접 만든 걸 선물하고 싶어서 티라미수를 만들고 엽서를 썼 다. 그리고 마지막 출근 날 퇴사 선물로 내 이름이 새겨 진 앞치마를 선물받았다. (어쩌면 그 앞치마도 앞날에 대한 복선이었을까.) 내가 어느 날 갑자기 발길을 끊으면 첫 사 회생활부터 지금까지 나의 여의도 생활에 함께했던 몇몇 디저트숍과 빵집 주인들이 놀라거나 섭섭해하지 않을까 고민했지만, 결국 따로 인사는 하지 않았다. 나는 부끄러움을 많이 타는 단골이니까.

오래전부터 입버릇처럼 했던 말이 있다. "언젠가 직접 디저트를 굽는 작은 가게를 열고 싶어." 하지만 그건 '로또 1등만 돼봐라. 이놈의 회사 당장 그만둔다'와 비슷한 바람일 뿐이었다. 누구나 '1등 되기만 해봐' 하고 로또를 사지만 그중 아무도 당첨되지 않으니까.

그런데 이직 이후 본격적으로 마음이 들썩이기 시작했다. 이직한 회사에선 입사 직후부터 어수선한 일이 많았고 좀처럼 마음을 붙이기가 어려웠다. 기대했던 일을 할 수 없었고, 허한 마음을 채우기 위해 베이킹에 더욱 집중했다. 그렇지만 '내가 정말 디저트숍을 꾸릴 수 있을까' 생각하면 쉽게 결심이 서지 않았다. 그냥 좋아하는 것과 업으로 삼는 건 분명 다른 데다 나는 알아주는 쫄보니까.

몇 달 동안 고민하다가 마침내 더 늦기 전에 인생의 큰 변화를 맞이해보기로 했다. 물건 하나를 사도 장바구니에 담아놓고 일주일쯤 고민하는 소심한 인생에서 드물게 용기를 내는 순간이었다. 구성작가를 그만두고 이직을 결심했을 때 당시 팀장님께서 했던 말이 있다.

"가야 할 길은 지나온 길 위에 있다."

이번에도 마지막 결심에 도장을 찍기 전, 누구에게든

확인받고 싶었고 그 말을 떠올리며 팀장님께 또 물었다.

"정말 그런가요?"

"그렇다. 내 경우엔 그렇다."

지체 없는 단호한 대답이었고 나도 단호해보기로 했다. 고민이 길어진다고 더 현명해질 것 같지 않았다. '지금 마음이 움직이는 대로 하고 싶은 걸 하자.' 그렇게 이직 1년 만에 내 인생 마지막 퇴사를 결정했다. 마음을 굳힌 후 가족들에게도 알렸다.

예상대로 엄마는 반대했다. 익숙한 일이다. 인생의 중요한 변화를 결정할 때마다 엄마는 늘 반대했다. 대입 학과를 정할 때, 재수를 결정할 때, 휴학할 때, 처음 방송사에 들어갈 때도, 방송사를 그만둘 때도 엄마는 반대했다. 엄마는 언제나 나의 변화를 두려워했다. 그래서 엄마의 반대는 오히려 큰 영향력이 없기도 했다. 그런데 방송사를 그만두고 이직한 지 몇 달이 지난 어느 일요일, 교회에 다녀온 엄마가 큰 깨달음을 얻은 듯 말했다.

"보미야, 오늘 목사님이 설교 때 그러시더라. 자식이 바른 길로 가고 있다는 첫 번째 증거는 부모의 반대래."

이렇게 센스 있는 설교라니. 그 말은 내가 두고두고 써먹는 카드가 되었다. 이번에도 그랬다. 퇴사와 창업이라는 커다란 변화를 두려워하는 엄마 앞에 그 카드를 꺼냈다. 탐탁찮아했지만 내가 하겠다는데 막을 방법도 딱히 없어 보였다. 나에게도 이번 결정은 그동안의 어떤 결정보다도 용기가 필요했다. "언젠가 디저트 카페를 하고 싶어"와 함께 했던 말이 하나 더 있는데 그게 바로 "그런데 나는 장사 체질은 아닌 거 같아"였기 때문이다. 그럼에도 가야 할 길이 지나온 길 위에 있다면 빵순이 인생을 걸어온 내 앞길이 그 위에 있다고 확신해보기로 했다.

직장인으로서 마지막 출근 날이자 마지막 퇴사 날, 조용히 마무리하고 퇴근하려던 계획은 완전히 망해버렸다. 엘리베이터 앞까지 따라 나와 박수 치며 요란하게 배웅하는 동료들 덕분에 피리 부는 사나이가 된 것 같았다. 엘리베이터 문이 닫힐 때까지 큰 소리로 "축하해요"와 "잘가요"를 외쳐주는 통에 더없이 화려하게 퇴장했다. 빌딩 사람들 모두가 나의 퇴사 소식을 알게 될 것만 같았다. 그래도 조용하고 쓸쓸한 퇴사보다는 시끌벅적한 배웅을 받는 게 괜찮은 마무리인 것 같았다.

퇴사 후 가까운 친구들에게 앞으로의 계획을 이야기하니 꽤 많은 사람들이 "언젠가는 그럴 줄 알았다. 빵을 그렇게 먹더니" 했다. '내 미래를 나만 모르고 다들 알고 있었어?' 어리둥절하기도 하고 잘 결정했다는 확인을 받는 것 같은 안도감도 들었다. 오랫동안 반대파에 섰던 엄마도 "그동안 수고했어. 앞으로 힘내"라며 성대한 퇴사 파티를 열어주었다. 엄마뿐 아니라 퇴사가 이렇게 축하받을 일인가 싶게 많은 사람들이 열렬히 축하해주었다. 마치 퇴사가 내 인생의 가장 큰 업적이 된 것 같았다.

축하와 함께 많은 말을 들었다. 부럽다, 수고했다, 잘 그만뒀다, 진작 했어야지……. 그중에서도 가장 듣기 좋은 말은 행복하라는 말이었다. 하고 싶은 일을 해도 마냥 좋기만 할 수는 없다는 걸 서로 아는바, 그저 지금보다는 행복한 노동이 되길 바란다는 말이 심장에 달라붙었다. 한 친구는 이렇게 말했다.

"생각해보면 넌 하고 싶은 건 다 해보는 것 같아."

듣고 보니 제법 그런 것 같다. 인생의 로망이라고만 생각했던 말이 내 것이라니 기쁘기도 했다. 한편으로는 그런 생각도 들었다. '원하는 일을 다 해본다는 거 거창한 게 아닌데. 현실적인 조건 속에서 원하는 걸 찾고 가능한 선택을 했을 뿐인데. 또 어떤 선택은 실패하기도 하니까.'

그럼에도 불구하고 해보고 싶은 걸 할 수 있었던 시간

에 감사한 마음이 들었다. 글을 써보고, 많은 사람들이 내 이야기에 귀 기울여주는 직업을 가져보고, 이야기의 현장에서 살갗을 맞대보고, 내가 하는 이야기에 대한 공감도 얻어보고. 스스로에게 조금은 박수 쳐도 될 법한 시간이었다. 그 일에 마냥 질려서 떠나는 게 아니란 것 또한 분명하다. 다만 충분한 시간을 보냈고 또 다른 일에 끌리게 된 것뿐.

그렇게 회사원 K의 커튼콜을 마쳤다. 그리고 당분간 하프타임을 갖기로 했다. 아무것도 하지 않고 충분히 쉰후에 슬슬 워밍업을 해야지. 우선은 전반전의 피로를 충분히 풀어야겠다. 그 정도 자격 있잖아? 10년 넘게 성실한 회사원으로 살았으니 당분간은 아무것도 생각하지 않고 먹고 싶은 거 만들고 구우면서 쉬어볼래.

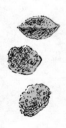

4장

BAKING

지속 가능한
빵순이 라이프

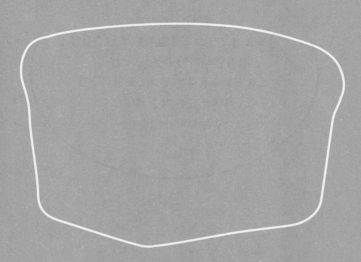

해치워버리기엔
만들고 굽고 맛보고 공감하는 모든 순간에
감춰진 재미와 감동이 아깝다.
그저 해치우겠다는 생각으로 달려들면
아무리 많은 일을 해낸들
무슨 의미가 있을까.

좋은 게 좋은 줄 아는
좋은 때

　하프타임 동안에는 온전히 나를 위해서만 베이킹을 했다. 다른 목적 없이, 오로지 내 마음이 편하고 즐겁기 위해 베이킹을 했다. 베이킹은 휘몰아치는 직장생활에서 내려와 새로운 백수생활에 애매하게 적응 중인 내게 비빌 언덕이 되어주었다. 자칫 공허해질 수 있는 시간에 마냥 빈둥대지 않고 즐거움 외에는 다른 목적이 없는 활동을 할 수 있다는 게 다행스러웠다. 그런데 그 시간이 길어지면서 점점 마음 한구석이 찜찜해졌다.

　주로 혼자 만들다가 가끔 원데이 클래스를 들으면서 단편적인 것만 배우다 보니 베이킹 전반을 이해하면서 실력을 쌓을 수 없다는 것이 찜찜함의 이유였다. 마치 영화를 중간부터 보는 것처럼 개운하지 않고 답답했다. 제대로 체계를 갖춰 배우고 싶은 마음이 간절해졌다. 이제 두서없이 머릿속에 꾸겨 넣는 게 아니라 기본과 원리부터 차근차근 배워야겠다는 확신이 생겼다. 제대로 덤벼야 할 때가 된 것이다.

우선 서점에서 몇 권의 제과 이론책을 샀다. 처음 베이킹을 시작할 때만 해도 지루하게만 보이던 베이킹 기초 이론도 한 글자 한 글자 얼마나 재미있던지, 내가 이런 책을 읽으면서 밑줄을 긋는 날이 올 줄이야. 안타깝게도 초라한 기억력과 낡아버린 학습능력 때문에 금방 잊는 게 많았지만 그러면 다시 읽어도 재미있었다. 공부가 재밌다니. 기특하기도 하지. 동생 역시 같은 생각이었고 우리는 본격적인 베이킹 수업을 알아보기로 했다. 합의를 볼 것도 없이 자연스럽게 범위는 제과로 정해졌다.

오랫동안 빵을 먹으면서 나의 취향은 점점 케이크와 작은 디저트 같은 제과류에 집중됐고 디저트 파인 동생은 말할 것도 없이 제과에 끌렸다. 우리가 원하는 디자인을 입힐 수 있는 폭이 넓다는 것도 제과를 선택한 큰 이유였다. 무엇보다도 오래전부터 누군가의 행복한 순간에 함께할 케이크를 만들 수 있다면, 하루 중 잠시 누군가의 기분을 달래줄 디저트를 만들 수 있다면 행복하겠다는 생각을 했으니까.

방향을 정한 후 바로 우리를 맡아줄 선생님을 찾기 시작했다. 유명한 공방의 클래스와 커리큘럼을 찾아봤지만 결이 맞지 않아 실패했던 과거의 경험이 떠올라 자꾸 망설여졌다. 유명하다고 우리와 잘 맞으리란 법은 없으니까. 제법 비용을 들여 장기간 배워야 할 텐데 선생님과 맞지 않으면 중간에 무를 수도 없고 낭패 아닌가. 무엇보다도 20세기 주입식 교육을 받은 우리가 아무리 사소한 질문이라도 부끄러움 없이 할 수 있는 선생님이 필요했다.

오랜 탐색 끝에 새로운 선생님 찾기를 잠시 멈추고 그동안 배웠던 선생님들을 떠올려봤다. 고심 끝에 한 분의 선생님께 조심스레 연락을 드려 선생님이 운영하는 수업엔 없는 과정이지만, 혹시 우리를 위해 수업을 열어주실 수 있는지 물어보기로 했다. 원데이 클래스도 아니고 제법 묵직한 수업을 새로 꾸리는 게 쉽지 않을 테니 거절하셔도 어쩔 수 없다고 생각했는데 전화를 거는 동안 생각이 바뀌었다.

'거절하시면 새로운 선생님을 찾아야겠지. 이미 노력해봤는데 안 됐잖아. 그런데 다시 찾는다고? 안 돼, 이건

어쩔 수 없는 일이 아니야. 선생님, 제발 거절하지 마세요.'

간절한 마음을 담아 두 손으로 핸드폰을 잡고 통화를 시작했는데 다행히도 선생님은 기꺼이 단번에 수락해주셨다. 만세! 통화하는 동안 선생님은 벌써 가르칠 생각에 신이 나서 나보다 더 흥분된 목소리였다. 그리고 통화를 마친 지 몇 시간 지나지 않아 마치 예전부터 준비하고 있었던 것처럼 자세한 수업 내용과 일정을 보내주셨고 우리가 원하는 내용을 넣을 수 있게 조율해주셨다. 선생님도 오래전부터 이런 수업을 해보고 싶었다고 하셨다. 우리에게도 처음이고 선생님에게도 첫 경험이 될 수업이 벌써 절반은 성공한 것 같은 느낌이었다.

그 여름은 행복했다. 우리는 배우는 즐거움을, 선생님은 가르치는 기쁨을 마음껏 누렸다. 합이 좋았다고 할까. 그날 배울 것에 대한 기대로 수업 때마다 나는 조금 들떴고 최대치의 집중력을 발휘하려고 애썼다. 오전부터 저녁까지 이어지는 수업은 잠시도 지루하지 않았고 중간중간 선생님과 나누는 사담도 즐거웠다. (역시 결이 맞는 게 중요하다니까.)

가장 좋은 건 그날 배우고 만든 것들을 다양하게 먹어
볼 수 있다는 것이었다. 열정적인 선생님 덕분에 점심시
간을 따로 두지 않고 수업 중에 배가 고프면 오븐에 반죽
을 넣고 기다리는 사이에 알아서 요기를 하는 식이었는
데 나에겐 별도의 요기가 필요 없었다. 당연하다. 세상에
서 제일 맛있다는 갓 구운 디저트를 수업 내내 맛볼 수 있
는데 다른 게 필요할 리가 없다.

특히 케이크 수업 때는 평소보다 더 흥분했다. 크림을
휘핑한 후엔 "한번 맛보세요"라는 선생님 말이 끝나기 무
섭게 크림을 듬뿍 떠서 맛봤다. 한 번, 두 번, 세 번. 동생이
옆구리를 툭 치며 나직하게 "맛 좀 그만 봐" 하고 속삭이
면 그제야 정신이 돌아왔다. 멋쩍게 손을 내리며 "맛있네
요" 하면 '그렇게 많이 먹어야 맛을 아는 건 아니잖아' 하
는 동생의 시선이 날아와 박힌다. 덕분에 수업이 있는 날
이면 공방으로 가는 길에 동생이 주의를 줬다. "시식 좀 적
당히 해." 동생은 아직도 빵순이 마음을 모른다.

어쨌든 나는 행복한 시식으로 배를 채웠지만 동생은
종일 빵만 먹을 수 있는 쪽은 아니었다. 그렇다고 혼자 뭘
꺼내 먹기는 민망했는지 허기를 참느라 애썼지만 불행하

게도 동생은 허기를 오래 감추지 못하는 사람이었다. 한 끼만 굶어도 어디 많이 아픈가 싶게 손을 달달 떠는 바람에 가끔은 선생님이 "뭘 좀 드세요"라며 수업을 멈췄다. 수업을 받을 때는 누가 시계로 장난을 친 것처럼 시간이 빨리 흘렀고 수업이 끝나면 기분 좋은 피로가 밀려왔다.

원하는 걸 배우는 건 이렇게 신나는 일이다. 그걸 혼자가 아니라 같이 할 수 있어서 더 좋았다. 역시 꼬시길 잘했지 뭐야. 수업 후엔 근처 시장에서 만두와 쫄면을 사 먹고, 떡볶이와 어묵을 먹기도 했다. 마치 고등학생 때로 돌아간 기분이었다. 그렇게 집으로 돌아가면 우리가 만든 걸 궁금해하며 기다리는 빵순이 엄마가 있고, 수시로 연락해서 오늘은 뭘 배웠냐고 궁금해하는 친구들도 있고…… 행복으로 꽉 찬 여름이었다.

배움에는 때가 있다는 말이 나이를 뜻할 리가 없다. 좋아하는 마음이 가득 찰 때, 열망이 찰랑거릴 때가 최적의 때인 것이 분명하다. 그런 때가 자주 오지 않는다는 것도 안다. 그러니 운 좋게 열렬히 배우고 싶은 게 있다는 사실에 자주 감사했다. 배우는 게 즐겁다고 힘들지 않은 건 아니었다. 다만 기꺼이 감수할 만큼 좋았다. 매일 시간을 채우는 게 마치 내 안의 빈 공간을 채우는 것 같아 뿌듯했다.

나이를 먹을수록 처음 겪는 일이 줄어들고 익숙한 일은 지루해진다. 그래서 오늘이 어제 같고 내일도 오늘 같을까 봐 겁이 날 때가 많았다. 이렇게 1년이 가고 10년이 흐를까 봐 문득 두렵기도 했다. 그런데 그 여름은 달랐다. 내일에 대한 기대로 가득했다. 새로운 장래 희망이 생긴 것 같았다. 장래 희망이라는 말은 학창시절을 끝으로 잊고 살았는데, 직업을 갖고 돈벌이를 시작하면서 꺼내기 쑥스러운 말이었는데, 이제 그 말을 슬쩍 다시 꺼내봐도 될 것 같았다.

이상은 님의 노래 <언젠가는>의 시작은 이렇다. '젊은 날엔 젊음을 모르고 사랑할 땐 사랑이 보이지 않았네. 하지만 이제 뒤돌아보니 우린 젊고 서로 사랑을 했구나.' 나도 그렇게 좋은 때를 좋은 줄도 모르고 흘려보낸 뒤에 후회한 날이 많았는데, 이번엔 좋은 게 좋은 줄 모르고 흘려보내지 않을 생각이다. 이미 잘 알고 있다. 원하는 걸 배우는 지금 이 순간이 얼마나 소중하고 좋은지. 부디 이 행복한 시간이 천천히 오래 이어지기를 바라고 있다. 좋은 순간의 시간은 너무 빠르다.

우리 가족 생일에는 하나의 룰이 있다. 생일 주인공이
원하는 케이크를 지정할 수 있으며 크기는 반드시 2호로
한다는 것. 1호 케이크는 그날 다 먹어치울 게 뻔한데 생
일의 미덕이란 다음 날 남은 케이크를 먹는 데 있으니까.
몇 년 전 동생 생일에는 3호 케이크를 주문하기도 했다.
좋아하는 케이크숍에 3주 전부터 주문해두고 픽업 당일
에는 퇴근하자마자 40분이나 버스를 타고 가서 케이크
를 픽업했다. 그리고 다시 퇴근길 지옥철 속에서 케이크
가 망가지지 않도록 온몸으로 지켜내며 한 시간 반 만에
집으로 돌아왔다. 언젠가 내 생일엔 동생이 왕복 네 시간
을 오가며 케이크를 픽업해 오기도 했다. 그 정도 수고를

감수할 만큼 우리 가족에게 생일 케이크는 중요하다.

동생과 본격적으로 베이킹을 시작한 후 처음으로 맞이한 내 생일. 이제 공식 축하 케이크도 홈 메이드로 할 때가 되었다고 생각했고 동생에게 여유 있게 2주 전에 주문을 넣었다.

"이번 생일 선물은 홈 메이드 케이크로 해줘."

선물을 케이크로 대신하는 것이니 취향껏 주문하고 싶었다. 녹차, 초콜릿, 얼그레이 중 두 가지 재료를 쓰면 좋겠다고 했는데 동생은 단박에 거절했다.

"무슨 초코, 녹차, 얼그레이야. 케이크는 오리지널 생크림이지. 나에게도 계획이란 것이 있어."

"(계획이 뭐가 중요하지? 내 생일 케이크인데 내가 먹고 싶은 게 젤 중요한 거 아니야?) 쳇, 그럼 높게 만들어줘. 안에 과일 꽉꽉 채우고 크림도 충분히 많이 채워줘. 네 기준으로 이거 좀 과한데 싶을 때 그거보다 조금 더 많이 넣어줘."

디저트에서도 크림을 각별하게 여기는 편이라 크림 양을 재차 강조했다. 그리고 드디어 다가온 생일, 퇴근 후 예약해둔 식당에서 밥을 먹고 케이크 세리머니를 위해 카페로 향했다. 동생이 케이크를 풀기 전 변명을 깔았다. "내 맘에 들게 만드는 데는 실패했어"로 시작되는 설명을 들으면서 애쓴 것은 생색내고 기대치는 낮추려는 노력이 보였다. '영 이상한 결과가 나왔나 보군' 하며 나도 마음을 너그럽게 내려놓았다. 그런데 테이블에 올라온 케이크는 예상보다 귀엽고 맘에 들었다. 전체적으로 볼륨감이 느껴졌고 디자인도 기대 이상이었다. 색감이나 스프링클을 뿌린 모양도 마음에 들었다.

크림은 대충 봐도 내 요청사항에 충실한 것 같았다. 제누아즈 옆면에 크림을 최대한 많이 바른 후 아이싱 장식까지 곁들여 하판을 여백 없이 꽉 채우고 있었다. 모든 것을 듬뿍 넣어 무게가 과했는지 제누아즈가 후들거리며 버티고 있는 게 느껴졌다. 그 때문에 케이크가 불안하게 기우뚱하긴 했지만 그래서 더 마음에 들었다. 아낌없이 쏟아 넣은 케이크. 흐뭇한 마음으로 촛불을 불고 케이크를 커팅하는데 스윽 칼이 들어가는 순간 감동이 절정에 이르렀다. '아! 이거다' 싶은 느낌이 들었다.

칼날을 스치는 과일의 저항감이 오래 느껴졌고 역시나, 단면에 모습을 드러낸 것은 통 딸기! 자르지 않은 통딸기가 꼿꼿하게 선 채로 다닥다닥 붙어 있었다. 케이크가 불안하게 기우뚱한 이유가 거기에 있었다. 커스터드 크림과 생크림을 평균 이상으로 채운 것만 해도 무게가

상당한데 통 딸기까지 가득 채웠으니 얇은
제누아즈가 버텨티기엔 무리였겠지. 제누
아즈는 괴로웠겠지만 나는 행복했다. 내 인
생 처음으로 원하는 모든 것이 갖춰진 케이크를 선물받
았다는 사실이 뿌듯했다. 이것이야말로 홈 베이킹의 은
총이다. 맛은 말할 필요도 없었다. 100퍼센트 우유 생크
림, 까만 바닐라빈이 농밀하게 박힌 커스터드크림, 먹음
직스러운 통 딸기가 어우러져 혀끝에서 황홀하게 녹아내
렸다.

호들갑 떨며 좋아하는 내 모습을 보고서야 동생은 안
도의 한숨을 내쉬며 제작 후기를 덧붙였다. 동생은 내가
케이크를 주문한 날부터 디데이를 향해 계획적으로 움직
였다. 마음에 드는 디자인이 나오지 않을까 봐 아이싱도
몇 차례나 연습했다고 한다. 2주 동안 케이크 생각에만
사로잡혀 있도록 동생을 짓누른 것은 나의 한마디였다.

몇 달 전, 퇴근 후 주방에 가보니 동생이 만들어둔 다
쿠아즈 한 접시가 눈에 띄었다. 한창 다쿠아즈를 탐닉하
던 시절이라 자주 만들어 먹었는데 그날은 마침 동생이
낮에 미리 만들어둔 것이다. (퇴근 후 다쿠아즈가 기다리는

삶, 아름답다.) 반가운 마음에 다쿠아즈를 크게 한 입 물자마자 나는 동생을 호되게 나무랐다.

"필링이 이게 뭐야? 풀칠을 한 거야, 필링을 넣은 거야?"

"나는 이런 게 좋단 말이야."

"어휴, 됐어. 네가 빵순이를 뭘 알아. 이렇게 크림에 인색해서야. 쯧쯧."

진심이었다. 동생은 속재료가 적은 걸 좋아하는 편이다. 호떡도 꿀이 적은 걸 좋아한다. 우리 동네 붕어빵 장인 아저씨가 습자지처럼 얇은 반죽 안에 팥소를 꽉 채우는 것도 싫어한다. 그러니 다쿠아즈 필링도 형식적으로 채운 것이다.

"크림을 적어도 시트 두께만큼은 넣어야 할 거 아냐. 빵순이 마음 진짜 모르네. 반성해."

케이크 주문을 받아놓고는 그 말이 떠올라 내내 시달렸다고 했다. 가장 신선하고 실한 딸기를 찾기 위해, 충분한 양의 커스터드크림을 만들기 위해, 예쁜 아이싱을 위해 남몰래 고군분투한 사정을 한참 쏟아냈다.

"입시 실기 때도 이렇게 긴장한 적이 없는데. 시간 맞춰서 제대로 만들려고 얼마나 긴장한 줄 알아? 한겨울에 이렇게 땀에 흠뻑 젖을 정도로 부담스럽게 케이크를 만들 일이냐고."

타임라인을 정해두고 종일 일사불란하게 움직이며 케이크를 만들었는데 혹여나 내 맘에 안 들까 봐 조금 전까지도 긴장을 놓지 못했다고 했다.

"게다가 얼마나 무거운 줄 알아? 양손으로 들어도 무겁다고."

무거워봤자 케이크인데 엄살 부리네 싶었지만 집으로 돌아가는 길에 들어본 케이크는 과연 수박처럼 무거웠다. 이미 3분의 1을 먹은 상태인데도 양손으로 번갈아가며 들어야 할 정도였다. 이것이 동생이 느꼈을 부담의 무게인가. 그래도 덕분에 잊을 수 없는 생일 케이크를 받았잖아. 내가 원하는 모든 걸 담아 오직 나를 위해 만든 케이크. 자매가 함께 베이킹을 한다는 건 이래서 좋다. 원하는 걸 주문하고 그대로 받을 수 있다는 것. 손에 느껴지는 케이크의 무게가 전혀 부담스럽지 않다. 이것이 바로 행복의 무게인가 보다.

갑자기 진하고 부드러운 초콜릿크림이 먹고 싶은 날이었다. 쇼케이스에서 발견한 가나슈 타르트는 타르트지 위에 이글루처럼 동그란 가나슈가 올려졌고 그 위로 하얀 크림이 가나슈를 두툼하게 감싸고 있었다. 그동안 먹어왔던 가나슈를 떠올리며 그 맛의 바운더리 안에만 들어오면 성공이라고 생각했다. 그런데 놀랍게도 입에 넣자마자 바운더리를 한참 벗어난 듯한 맛이 느껴졌다. 예상에 없던 일이었다.

'이럴 리가 없는데. 가나슈가 뒤통수를 칠 수는 없어.'

다시 한 입, 또 한 입, 의심을 확인하기 위해 몇 번을 먹다가 마침내 힘없이 포크를 내려놨다. 더 이상 먹고 싶지 않은 맛이 분명했다. 충격에 정신이 멍해졌다. 내가 지금 타르트 절반을 남겼고 그 이유가 맛이 없기 때문이라는 사실이 당황스러웠다. 그동안 내 인생에는 맛있는 빵과 더 맛있는 빵만이 존재했는데, 처음으로 맛없는 빵을 만난 것이다. 평생 겪어본 적 없는 일이었다. 상상해본 적도 없는 일이다. 이건 마치 갑자기 낯선 외계행성에 떨어진 기분. 영화 <마션>에서 사고로 혼자 화성에 떨어진 마크 와트니가 된 기분이었다.

이 사실을 어떻게 받아들여야 할까. 먼저 자기검열을 해본다. '혹시 빵에 대한 내 마음이 변했나? 그럴 리가 없는데, 내가 빵을 덜 좋아하게 될 수가 있나?' 놀란 마음을 가라앉히고 타르트를 한 입 더 먹었다. 신중하게 맛을 음미해본다. 성급하게 목으로 넘기지 않고 천천히 녹여서 먹는다. 그리고 확신했다. '내 마음이 변한 게 아니야.'

그렇다. 내 마음은 변하지 않았다. 이건 분명 타르트가 맛이 없는 게 맞다. 좋은 재료 쓴다고 홍보하는 가게라 믿고 먹었는데, 예상에 없이 치고 들어오는 크림 맛에 놀란 것이다. 진하고 쌉쌀한 초콜릿과 부드러운 크림의 조화로운 맛을 기대했는데, 미끄덩거리는 이물감이 마치 입안에 비닐이 덮이는 것 같은 느낌이었다. 단박에 알 수 있었다. 이건 우유 생크림이 아니다. 베이킹을 하면서 나도 모르게 예민해진 입맛이 오늘 그 존재감을 드러낸 것이다. 내 미각은 이제 식물성 휘핑크림, 동물성 휘핑크림, 우유 생크림을 제법 구별하는 수준이 되었다. 그리고 내가 허락할 수 있는 한계선은 '동물성 휘핑크림'까지였던 것이다. 크림을 각별히 여기는 빵순이가 수시로 크림을 만들고 맛보게 되었으니 언젠가 닥칠 일이었다.

놀란 마음을 진정시키고 한 입을 더 먹었다. 여전히 미련을 버리지 못하고, 어쩌면 맛있을지도 모른다는 마지막 기대를 붙잡고 한 입. 그러나 이미 나는 예전의 내가 아니었다. 새로 태어난 미각은 이 타르트를 허락하지 않았다. 크림뿐 아니라 각 재료가 조화를 이루지 못하고 각자 입안에서 떠돌았다.

그날은 내 인생에 기념비적인 날이 되었다. 인생 최초로 맛없는 빵이 등장한 날이자 나의 미각이 깨어난 날. 그날 이후 맛없는 빵은 자꾸만 등장했다. 어쩐지 조금은 슬프고 조금은 으쓱했다. 맛없는 빵의 존재를 알게 된 것이 슬펐고 미각이 예민해진 것 같아 뿌듯했다. 판도라의 상자를 열어버린 기분이었다. 평생 어떤 빵이든 맛있게 먹던 나는 심지어 아무것도 넣지 않고 오직 밀가루만으로 만든 빵에서도 숨겨진 매력을 찾아내던 사람이었다. 이제 와 생각해보면 그때부터 내 미각은 충분한 잠재력을 가지고 있었나 보다.

몇 해 전 에티오피아 시다모 지역으로 출장을 갔을 때 일이다. 에티오피아에서는 손님이 방문하면 환영의 의미로 커피 세리머니를 하는 전통이 있다. 커피 세리머니란 직접 생두를 볶은 후, 갈아서 주전자에 끓여 대접하는 것인데 정성만큼 시간이 걸리는 일이라 손님이 기다리는 동안 먹을 수 있게 팝콘이나 빵을 준비해주기도 한다. 처음 시다모 지역 사무실을 방문한 날, 커피 세리머니를 지켜보면서 테이블 위에 놓인 빵을 하나 집어먹자마자 그대로 한 바구니를 다 비웠다. 눈이 휘둥그레져서는 "빵에 뭘 넣었길래 이렇게 맛있어요?" 하고 묻자 직원들이 깔깔거리며 웃었다. 어디서나 볼 수 있는 흔한 빵이 뭐 그렇게 맛있냐며 신기해했다.

빵을 만든 주방 직원은 "밀가루랑 소금이요" 하며 어깨를 으쓱했다. 그리고 다음 날 사무실에 갔을 땐 오직 나만을 위한 빵 한 바구니가 준비되어 있었다. 어제보다 훨씬 수북하게 쌓인 빵. 내가 너무 맛있게 먹어서 특별히 많이 만들었다고 했다. 심심한 듯 고소한 맛에 손을 멈출 수가 없는데 왜 다른 사람들은 이 매력을 모르는 걸까. 직원들에게 "정말 맛있지 않아요? 보통 빵이 아닌 거 같은데. 난 밥 대신 이걸 먹어도 충분한데? 정말 이 맛을 모르겠다고?" 하며 재차 물어도 그 맛을 아는 건 사무실에 오직 나 하나뿐이었다. 빵에 관해서라면 아주 작은 매력이라도 크게 느낄 수 있는 초능력이 나에게 있다는 걸 에티오피아에서 발견했다.

빵에 대한 내 마음은 그때나 지금이나 변함이 없다. 약간의 미각을 얻었다고 해서 빵에 대한 마음을 잃은 건 아니었다. 이건 미각과 애정의 제로섬게임이 아니니까. 지금도 어떤 빵에서든 매력을 찾아낼 마음이 충분하다. 다만 예전과 달리 지금은 그 안에 숨은 나쁜 맛도 발견하게 된 것뿐이다. 쓰고 보니 차마 나쁜 맛이라고 하기가 빵에게 미안하다. 나쁜 맛이 아니라 나와 맞지 않는 맛이라고 하자. 그날의 가나슈도 나쁜 맛은 아니었을 것이다. 내 취향과 맞지 않았던 것뿐. 세상에 나쁜 빵은 없다. 나와 맞지 않는 빵이 있을 뿐. 그동안 친구들에게 이런저런 메뉴를 추천하면서 덧붙이던 말이 있다.

"내가 세 번 연속 맛있다고 하면 그게 정말 맛있는 거야. 앞의 두 번은 추임새 같은 거니까 의미를 두지 말고 세 번째 먹고도 맛있다고 하면 그때부터 진짜라고 생각해."

굳이 그렇게 말했던 이유는 평판 관리를 위해서였다. 안일하게 맛보고 추천하다가는 순식간에 신뢰를 잃을 수 있으니까. 위기는 작은 틈에서 시작된다. 평소에 촘촘히 관리해야 한다. 어느 지역에 약속이 생기면 나에게 근처 좋은 디저트숍이나 카페를 묻는 일도 많은데, 아무거나 맛있다고 하는 사람이라는 인상을 줄 수는 없다. 특히 나는 미각이 둔한 편이니까 남들보다 더 많이 먹어보고 맛을 평가해야 한다. 남들이 한 번 먹을 때, 두 번 세 번 먹어보며 맛을 느끼고 평가하는 것은 나름의 노력이었다.

그러나 이제 친구들에게 했던 말을 고쳐줘야겠다. "내가 맛있다고 처음 말할 때 믿어도 좋아"라고. 빵과 디저트에 대해서라면 나도 조금은 섬세한 미각을 갖게 된 것 같으니까. 그게 대중적인 입맛인지, 소수 취향 쪽인지는 알 수 없다. 가끔은 소문난 맛집의 대표 메뉴를 먹고도 '이게 정말 맛있다는 거지? 사람들이 이 맛을 좋아한다는 거지?' 하고 고개를 갸웃거리기도 하니까. 어쨌든 어느 쪽으로든 미각이 섬세해지고 있다는 건 고무적이다. 내 베이킹에도 새로운 무기가 하나 생긴 것이나 마찬가지고, 무엇보다 요만큼 전문성이 올라간 것 같아 흐뭇하다. 이게 다 맛없는 가나슈 타르트 덕분에 시작된 일이니까 그날의 타르트는 용서해줘야겠다.

재미와
감동 두 개면 돼

　가게를 하기로 마음을 정한 후 내 안의 엄격한 자아가 나를 지배하기 시작했다. 사감 선생님처럼 지휘봉을 들고 '앞으로는 무엇이든 허투루 해선 안 된다, 프로가 되기로 했으니 실수도 함부로 용납할 수 없다'고 날을 세우며 성실함과 열정을 강요했다. 엄격한 자아의 단속을 받는 또 한편의 자아는 '그렇지. 정신 똑바로 차리고 제대로 해내야지. 그게 맞지' 하며 수긍했다.

　가끔 엄마가 별 뜻 없이 "오늘은 뭐 안 만드네?" 하고 물으면 게으름을 피운 것 같은 죄책감에 입이 붙어버렸다. 뭔가를 만들다가 같은 실수를 반복하더라도 예전처럼 "엇, 실수했잖아. 하하하" 하고 쿨하게 넘길 수가 없었다. 마음껏 실수하고 실패할 수 있어서 베이킹이 좋았는데 이제는 엄격한 자아가 지체 없이 튀어나와 나를 질책했다. 시간표 위에 해내야 할 과제들을 올려놓고 조급함을 무기로 나를 몰아붙였다.

자신감은 엄격한 자아 뒤로 힘없이 밀려났다. 조급함과 즐기는 마음은 공존할 수 없었다. 보통 이런 상황에서 꺼내 드는 가장 쉽고 나쁜 해결책은 회피다. 많은 걸 빨리 해내야 한다는 압박감, 잘하지 못해서 안절부절못하는 불안 때문에 마음 편히 베이킹을 할 수 없게 되자 슬슬 베이킹을 피하고 싶어졌다. 그건 가장 불길한 신호였다. 제대로 시작해보기도 전에 마음에 빨간불이 들어오다니.

구성작가 시절 가장 큰 고민은 아이템 찾기였다. 좋은 아이템은 진작 남들이 다 찾아간 것 같고, 괜찮다 싶으면 취재가 불가능하다. 마른걸레 쥐어짜듯 노력해서 겨우 마음에 드는 걸 찾아내도 팀장님의 기준을 통과하기가 보통 어려운 게 아니었다. 우리끼리 정리한 '팀장님이 단번에 오케이 하는 아이템 기준'은 '신선하면서도 인권에 대한 고찰이 있고, 사회의 단면을 보여주면서도 적절한 유머와 감동이 있을 것'이었다. 사실 '이런 건 작가 생활 동안 몇 개 만나기도 어려운 거 아닌가?' 싶었다. 아니, 가끔은 그런 아이템이 현실에 있기는 한 건가 의문이 들었다.

하루하루 방송 날짜는 다가오고 아이템은 이번에도 꽁꽁 숨어 있다. 노트북 앞에서 미간에 힘을 주고 끙끙거리는 내 옆으로 팀장님이 지나가면서 말한다.

"내가 뭐 큰 거 바라니? 재미랑 감동 딱 두 개뿐이잖아."

웃긴데 웃기지 않은 농담이다. 그건 당시 예능 프로그램 소개 멘트로 식상하게 사용되는 말이었는데, 그때부터 재미와 감동은 '거시기'처럼 어디에도 딱 달라붙는 마법의 단어가 되었다. 이 두 단어만 붙이면 모든 것이 완벽해졌다. 재미와 감동을 주는 이야기, 재미와 감동을 주는 회사, 재미와 감동을 주는 친구, 재미와 감동을 주는 월급. 생각만 해도 흐뭇하다. (대부분은 아이템처럼 찾기 힘든 것들이기도 하고.)

베이킹을 시작한 것도, 본격적으로 해보자고 결심한 것도 그 두 가지를 위해서였다. 모든 걸 완벽하게 만들어주지만 그만큼 찾기 힘든 두 가지, 재미와 감동. 그걸 베이킹 앞에 붙여보고 싶었다. 어쩌면 그 두 가지만 생각했던 것 같기도 하다. 괴로움 없는 밥벌이는 없지만, 이전의 직업 생활에서도 그랬듯이 좋아하는 일을 하면 괴로운 순간을 덜 괴롭게 넘길 수 있을 것 같았다. 그런데 순수한 홈 베이커 시절엔 쉽게 잡히더니, 본격적으로 마음먹고 덤벼들자마자 미꾸라지처럼 재미와 감동이 달아나기 시작했다.

무엇이든 완벽하게 만드는 마법의 단어가 재미와 감동이라면 그 모든 걸 망치는 마법의 단어는 조급함이다. 조급함에 쫓기면 앞으로 이야기가 어떻게 전개될지는 뻔하다. 조급함에 취약한 인생을 살아온 경험의 빅데이터가 말해준다. 다행인 건 이럴 때 필요한 처방도 알고 있다는 것이다. 해결책을 안다고 그대로 할 수 있는 건 아니지만.

어쨌거나 인생의 빅데이터가 알려준 해결책은 바로 '멀리 보지 않기'다. 이런 순간에는 숲이 아니라 나무를 봐야 한다. 멀리 볼수록 불리하다. 멀리 보면 그러지 않으려고 해도 눈앞에서부터 저 멀리까지 해내야 하는 일들이 자동완성 기능으로 채워지고 그게 뭐든 즐기기보다는 빨리 해치워야 할 것 같은 조바심이 들었다. '이렇게 많은 과제들이 있는데 우물쭈물할 거야? 실수할 시간 없어. 속도를 내야 해' 하며 해치워야 할 일들의 개수를 셌다. 그러니까 지금 필요한 일은 멀리 던진 시선을 잡아끌어 눈앞에 있는 것에 집중케 하는 것이다. 눈앞을 보면 당장 해야 할 일도 충분히 많다. 일단 시선을 끌어다놓으면 눈앞의 일에 정신을 쏟는 건 쉽고 그러다 보면 조급했던 마음도 제법 진정된다.

이제 겨우 시작점인데 아득히 먼 곳까지 보면서 그 많은 것들을 빨리 해치우겠다고 생각하는 것 자체가 오만이라는 것도 깨닫는다. 해치워버리기엔 만들고 굽고 맛보고 공감하는 모든 순간에 감춰진 재미와 감동이 아깝다. 그저 해치우겠다는 생각으로 달려들면 아무리 많은 일을 해낸들 무슨 의미가 있을까. 무엇보다도 괴로운 것들이 이미 충분히 많은데 나까지 나서서 나를 괴롭히지는 말아야지. 지금만 누릴 수 있는 재미와 감동을 놓치지 않고 하나씩 빼먹으면서 알차게 즐겨야지. 내 안에 재미와 감동을 찾아 먹은 경험이 쌓이면 언젠가 거대한 언덕을 마주했을 때 그 기억의 힘으로 넘을 수도 있을 테니까.

오늘도 숲을 보지 않고 나무를 보며 혼자 중얼거려본다. 해치워야 할 건 아무것도 없어. 천천히 재미와 감동을 찾아 먹어보자.

다정한 맛이 나는
얼굴

명분이 있다는 건 좋은 일이다. 디저트숍을 열기로 결정한 후에는 많이 먹어봐야 한다는 말을 눈치 보지 않고 하게 됐고, 동생에게 디저트 투어 가자는 말도 더 당당하게 할 수 있게 됐다. '시장조사'라는 명분이 있기 때문이다.

그날은 아침 9시에 이미 서울 번화가 카페 거리 한가운데였다. 첫 번째 코스는 호박파이. 내 인생 라임파이를 만들어주신 사장님의 파이가 그곳에 있다는 소식을 접했기 때문이다. 사장님이 먼 곳으로 이사하는 바람에 자주 먹을 수 없어 아쉬웠는데 가까운 카페에 사장님이 파이 납품을 시작하신 것이다. 라임파이는 아니지만 사장님이 만들었다면 믿을 수 있을 것 같았다. 그 라임파이가 얼마나 대단한지 아무리 말해도 시큰둥하던 동생에게도 드디어 내 말을 증명할 기회가 찾아온 것이다.

오픈하자마자 카페 첫 손님으로 들어가 호박파이와 커피를 주문했고, 먹음직스러운 파이가 테이블 위로 내려오자마자 포크를 들이밀었다. 그런데 뭔가 이상하다. 아침이라 미각이 덜 깨어난 걸까. 다시 한 번, 또 한 번, 몇 번을 먹어도 맛에 대한 확신이 서지 않았다. 앞에 앉은 동생도 표정이 묘하다. 말없이 갸웃거리며 파이의 절반을 먹고서야 사장님의 영혼은 호박파이가 아닌 라임파이에 있다는 결론을 내렸다. (어쩌면 납품 파이는 사장님의 매장에서 직접 먹는 것과 맛이 다를지도 모른다. 나는 아직 호박파이에 대한 미련을 버리지 못했다.)

오늘은 먹어야 할 것이 많고 동생에겐 하루 디저트 허용치가 있으니 남은 파이는 포장하기로 했다. 가게를 나서며 "기대가 너무 컸던 것뿐이지 괜찮은 파이였어" 하고 일부러 큰 소리로 혼잣말을 했다. 뭔가 보여주겠다던 다짐은 실패했지만 오늘 다른 기회가 많으니 괜찮다. 카페를 나와 다쿠아즈와 마카롱을 사고 파운드케이크 전문점에도 들르는 동안 호박파이는 빠르게 잊혔다. 디저트 가게를 세 군데나 들렀지만 아직 점심도 지나지 않은 시간이라니. 좋은 날이다.

마냥 먹기만 한 것은 아니었다. 먹기 위해 명분 삼은 게 아니라 나는 정말 시장조사를 하고 있었다. 그날도 마찬가지였다. '우리가 가게를 하게 되면'이라는 생각이 이마에 붙어 있으니 저절로 눈에 들어오는 게 많았다. 무엇이든 관심의 크기만큼 보이는 법이다. 에스프레소 머신은 뭘 쓰는지, 작업대 구성은 어떤지, 작업실과 홀은 어떻게 분리되어 있고 동선은 어떻게 짰는지, 외벽 마감재는 무엇인지, 바닥재가 원목인지 데코타일인지를 비롯해 쇼케이스의 크기와 색감, 테이블 높이와 크기를 보고, 트레이와 식기는 어떤 색감으로 맞췄는지도 보고, 조명의 밝기와 개수, 소품까지 저절로 훑게 된다. 같은 시간 앉아 있어도 쏟아내는 에너지가 늘어나다 보니 당도 더 많이 필요하다(많이 먹을 '명분'이 저절로 늘어난다).

공간 속의 모든 것이 흥미롭지만 그중에서도 가장 유심히 보는 것이 있다. 바로 직원들의 표정과 말투. 원래도 그런 쪽을 중요하게 생각하지만 '나도 곧 저 자리에 서겠구나' 하는 생각이 들자 더 집중하게 되었다. 최근에 방문했던 오픈한 지 얼마 안 된 동네 카페는 찾아갈 때마다 사장님 얼굴에 피곤의 농도가 짙어지고 있었다. 가끔은 어떤 메뉴를 주문하면 "오늘은 너무 바빠서 준비 못 했어요"라고 눈 밑이 푹 꺼진 얼굴로 말씀하시는데 "너무 바빠서"가 얼마나 진심인지 충분히 느낄 수 있었다. "괜찮아요. 다른 거 먹을게요" 하면서 '그래도 장사가 잘되는 것 같으니까 사장님 그걸로 좋은 거 많이 드시고 힘내세요' 하고 마음의 응원을 보냈다.

나는 다정함이 맛의 일부라고 생각한다. "그 가게는 사장님이 다정해"라고 소개할 수 있는 곳을 좋아한다. 부담스러운 친절이 아니라 편안한 다정함이 있는 곳이 좋다. 소문난 맛집에서 사장님의 불친절과 무례함에 입맛을 잃고 시킨 걸 거의 다 남긴 채 나온 적도 있다. 나에겐 정서가 우선이다. 그러니까 당연히 내가 좋아하는 디저트숍은 요란하지 않은 다정함이 은은하게 배어 있는 곳이다. 언젠가 케이크 클래스에서 완성한 케이크 사진을 찍기 전 선생님이 이렇게 말했다.

"케이크의 얼굴을 찾아보세요."

"케이크에 얼굴이 있어요? 디자인이 같은데 어느 쪽에서 봐도 다 같은 거 아니에요?"

선생님은 케이크에도 얼굴이 있다고 했다. 자세히 보

면 각도에 따라 조금씩 다르고 만든 사람에게 가장 마음에 드는 면이 있는데, 거기가 바로 케이크의 얼굴이라고 했다. 얼굴을 찾아 케이크를 천천히 돌려보니 정말 그랬다. 오히려 어디를 얼굴로 정해야 할지 고민될 만큼 케이크의 모든 면이 달리 보였다.

예비 창업자가 되어서는 케이크처럼 공간에도 얼굴이 있다는 걸 알았다. 같은 케이크에서도 각기 다른 얼굴을 보는 것처럼 사람들은 공간에서도 각자가 정한 얼굴을 본다. 조명의 적절한 조도에서 얼굴을 보는 사람이 있고, 음악에서 얼굴을 보는 사람이 있고, 공간의 크기에서 얼굴을 보는 사람도 있다. 나에게는 공간을 가꾸는 이의 '다정함'이 공간의 얼굴이다.

그날 종일 카페 거리를 다니면서 다양한 카페의 얼굴을 봤다. 유동 인구가 많고 종일 북적이는 곳이라 정신이 없어서 그랬는지 인상적인 얼굴을 찾지는 못했다. 저녁이 되기 전에 동생이 "나는 언니 페이스에 맞추는 거 포기야. 하루 동안 이렇게 많은 디저트를 먹은 건 평생 처음이라고" 하며 손을 들 만큼 여러 군데를 돌았지만 마음에 꼭 맞는 얼굴을 만나지는 못했다. 어떤 카페는 시큰둥한 얼굴이었고, 어떤 카페는 지나치게 화려한 얼굴이었고,

어떤 카페는 표정이 없었다. 그래서인지 종일 먹고도 허전한 기분이 들었다.

　가장 최근에 찾은 다정한 얼굴의 디저트숍은 이제 막 시작한 작은 가게였다. 한 시간 가까이 버스를 타고 가게를 처음 찾은 날은 비가 내렸다. 오픈한 지 얼마 안 돼서인지 사장님은 손님들이 가게를 어떻게 알고 찾아오는지 궁금했던 모양이다. 인스타그램으로 찾아보고 왔다고 대답하자 작업실에서 고개 하나가 쑥 나왔다. 자신을 사장님의 어머니라고 소개하셨고 내 대답에 표정이 들뜬 것 같았다. 멀리서 와주어 고맙다고 말하며 주문한 메뉴를 포장하는 사장님과 어머니 두 분의 눈빛이 귀여웠다. 긴 대화를 하지 않았지만 몇 마디 말 속에 배어 있는 은근한 다정함이 기분 좋은 곳이었다. 그날 샀던 디저트에서는 소박하지만 성실한 맛이 났다.

　그 후로 교통이 그다지 편하지 않은 곳이었지만 일부러 친구들을 데려가기도 하고 회사로 택배 주문도 하는 수줍은 단골이 되었다. 사장님이 가게를 옮기셨을 때는 축하를 대신해 에티오피아 출장에서 산 원두를 선물하기도 했다. 역시 나처럼 그 다정한 얼굴을 본 사람이 많았는지 몇 년 사이 사장님은 가게를 조금씩 넓혔고 지금은 제법 탄탄하게 자리 잡은 중견 사장님이 되었다. 집에서 거리가 있는 편이라 자주 가지는 못하지만 가끔 들러도 처음의 다정한 얼굴은 변함이 없어서 다행이라고 생각한다. 역시 내가 잘 봤지.

요즘 들어 내 기억 속 카페의 얼굴들을 되짚어보는 일이 많아졌다. 평소엔 기억력이 꽝인데, 카페의 얼굴들은 꽤 잘 기억하는 것도 신기하다. 역시 관심 있는 만큼 기억에 새기나 보다. 나도 곧 어딘가에 나만의 얼굴을 만들게 될 텐데, 그 공간도 누군가의 기억에 여운을 남기는 얼굴이 되면 좋겠다. 그 얼굴이 편안하게 스며드는 다정한 맛이면 좋겠다.

내가
사장이라니

한 번도 사장이 되리라고 생각해본 적이 없다. 장사와 나는 전혀 맞지 않는다고 생각했고 주변에도 그렇게 말해 왔는데, 역시 인생은 무엇도 확신할 수 없고 사람 일은 모르는 법이다. 여전히 나는 사장을 하기엔 부적합한 데가 많다. 평화롭고 조용한 가게를 꾸리고 싶지만 그 평화를 수시로 깨는 사람이 바로 나다. 하루에도 수십 번 물건을 떨어뜨리고 우당탕탕 소리에 손님들이 놀랄까 봐 안절부절못한다. 사고 치는 나와 놀라는 내가 한 몸에 산다. 동생은 그런 일에 더 이상 놀라지 않고 조용히 한숨을 쉰다.

한번은 선반 가장 높은 곳에 올려둔 냄비를 떨어뜨렸고 홀에서 손님이 "큰일이 난 것 같은데 괜찮으신가?" 하고 놀라는 소리가 들렸다. "저는 괜찮아요. 원래 이래요"라고 알려드리고 싶었지만 조용히 냄비를 주웠다. 가게의 컵을 가장 많이 깨는 사람도 나다. 한 주에 세 개를 깬 적도 있다. 그럴 때면 나도 참 너무한다 싶다. 요즘도 꾸준히 깨고 새로 주문한다. 가끔은 동생에게 숨겼다가 들키기도 한다. 아무리 조심해도 그런 일이 자꾸 벌어진다. 재료 통을 엎어서 그대로 쓰레기통에 버린 일도 허다하다. 이제 막 설거지를 마친 식기를 바닥에 와르르 쏟아서 일을 두 번 하는 것도 낯설지 않다. 일하면서 가장 많이 하는 혼잣말은 "아, 김보미. 또!"다. 정말 나를 어쩌지? 나로 사는 게 피곤하다.

피곤한 일은 이 외에도 많다. 사장은 결정할 일이 끝도 없다. 페인트 색, 커튼 길이, 커튼 봉 못의 재질, 콘센트 개수, 유리 세척액 종류, 행주 개수, 컵의 크기, 계란 납품업체, 생크림 주문 수량, 쿠키의 적당한 중량, 정수기 렌털비 자동이체 날짜, 수세미 종류, 택배 박스의 적절한 크기…… 정할 것이 끝도 없이 많은데 생각할 시간은 없다. 대부분 지금 당장 결정해야 한다. 오래 고민하기엔 할 일이 너무 많다.

30분 가만히 앉아 있을 여유 없이 종일 바쁘다. 판매할

제품을 만들고 새로운 메뉴를 테스트하느라 만들고 또 버리고, 재고 수량을 확인하고 주문하고, 쓸고 닦고 정리하고 채우고, 틈틈이 동생과 싸우고 꽁하고 풀고, 그사이 하루가 정신없이 지난다. 서툴러서 생기는 실수와 시간에 쫓겨 만드는 실수 때문에 한동안 퇴근길 다짐은 이랬다. '내일은 더 잘 하자.'

불과 작년까지만 해도 모든 게 익숙해서 삶에 신선함이 없다고 말했는데, 나이를 먹을수록 '처음'이 없어서 지루하다고 푸념하기도 했는데, '김 과장'에서 '김 사장'이 되는 순간 모든 것이 처음인 상태가 되었다. 가게를 준비하면서 가장 먼저 겪은 '처음'은 부동산 거래였다. 난생처음 해보는 부동산 거래가 두렵고 어색했는데 그게 다 티가 나버렸는지 우리를 안타깝게 여긴 한 부동산 사장님은 그렇게 어리숙하면 안 된다고 진심으로 걱정했다.

다행히 천천히 경험이 쌓여 그럭저럭 부동산 거래를 마쳤고 각종 등록, 세금 문제, 인테리어, 설비, 시공, 제작물 업체 알아보는 일까지 녹록치 않았지만 결국은 해냈다. 그 모든 단계를 거칠 때마다 혼자가 아니라는 사실에 안도했다. 회사 다닐 땐 그렇게 혼자 하는 일을 하고 싶었는데, 지금은 싸우고 꽁해도 함께하는 동생이 있어서 다행이라는 생각을 수시로 한다. 서로 안 맞는 부분은 뭐 앞으로 맞춰갈 시간이 많으니까 미래의 나에게 맡겨본다.

난생처음 사장이 되고 보니 궁금한 것도 많았다. 전기는 왜 수도와 다른 시스템인가. 며칠 전 가본 카페 커튼은 왜 봉 타입이 아니고 레일 타입인가. 룩스와 루멘, 색온도는 뭐가 다른가. 우리가 찾는 건 왜 꼭 품절인가. 아무리 노력해도 왜 매번 지출은 예산을 넘는가. 왜 무거운 가구는 꼭 우리가 잠시 가게를 비울 때만 배송되는가 등등. 궁금한 게 많지만 역시 시간에 쫓겨 어떤 건 대충 해결하고 어떤 건 답 없이 다음 질문에 밀려났다. 처음이 많다는 건 결과와 상관없이 피곤한 일이다.

갓 태어난 아기가 왜 잠을 많이 자는지 알 것 같다. 세상에 태어난 후로는 숨 쉬는 것부터 보고 듣는 것까지 경험하는 모든 게 처음이니 얼마나 많은 에너지가 필요할까. 그러니 쉽게 피곤해지고(아기와 피곤은 어울리지 않는 단어지만) 많이 잘 수밖에 없는 게 아닐까. 나도 그랬다. 가게를 시작한 초반에는 피곤에 허덕이느라 집에선 잠자는 일 외엔 아무것도 못 했다. 그사이 시간은 몇 개월씩 잘도 흘렀다. '새해 계획 아직 못 세웠는데' 하고 생각하면 한여름에 와 있고 '아, 덥다' 하고 손부채질 몇 번 하니 크리스마스가 다가왔다. 가게를 준비하는 동안 처음이라 겪는 시행착오에 스트레스를 받으면서 나도 모르게 예민해지던 어느 날 동생에게 했던 말이 있다.

"즐겁게 하자. 다른 건 그다음이야. 즐겁게 할 수 없을 것 같으면 조금 내려놓자. 너무 욕심부리지 말자."

동생에게 하는 말이기도 했지만 나 자신이 함정에 빠지지 않도록 세워두는 경고판 같은 말이었다. 지금도 가끔 생각한다. 즐겁지 않다면 내려놓자. 완벽하게 잘하고 싶은 마음이 즐거움을 해친다면, 완벽하지 않아도 괜찮으니 즐거움을 지킬 수 있게 내려놓자. 어차피 처음 하는 일이 완벽할 수 없는 건 당연한데, 그걸 욕심내다가 즐거움을 빼앗기지는 말자. 한 번에 잘 해내면 다행이지만 시행착오도 상관없다고 다짐한다. 사실 매일 작업실 안에서 요란하게 사고 치는 내가 '완벽'에 스트레스를 받는다는 것 자체가 모순이다. 그러니까 편하게 하자. 기분 좋게. 오늘은 제발 컵 깨지 말고. 물건 좀 그만 떨어뜨리고 그거부터 잘 하자.

그저 먹는 빵순이였는데, 어쩌다 보니 만드는 빵순이가 됐고 또 어느새 직업 삼아 만드는 사람이 되었다. 새로운 길에 들어서기까지 '정말 내가 할 수 있을까. 너무 늦은 건 아닐까, 지금 시작해도 괜찮을까' 수없이 망설였지만 그건 언제 어떤 선택을 하든 따라오는 걱정이라고 생각했다. 결국 '원하는 해피엔딩이 아닐지도 모르지만 지금 마음이 즐거운 일이라면 해보자'는 결단을 내렸고 새로운 일상이 시작되었다.

무얼 해도 걱정과 두려움을 피할 수 없다면 좋아하는 걸 하는 게 맞다고 생각했다. 지금 도전하지 않은 걸 후회할지도 모르는데 그렇다면 후회는 짧을수록 좋은 게 아닐까. 지금 후회하고 선택하는 것이 10년 후에도 여전히 아쉬워하고 후회하는 것보다 나으니까. 어쩌면 그동안 너무 오래 고민한 탓에 더 이상 고민할 에너지가 없었는지도 모른다. 혹은 처음부터 답은 정해져 있었고 용기가 모이기까지 시간이 필요했던 것인지도 모른다. 어쨌든 길을 정한 후 '괜찮을까' 류의 고민은 또 다른 고민에 밀려 자연스럽게 사그라들었다.

딱 한 가지 생각만이 마지막까지 남아 나를 놓아주지 않았는데, 그건 세상엔 훌륭한 디저트 만드는 사람이 너무 많다는 사실이었다. 그 생각이 나를 꾸준히 작아지게 했다. 빵순이인 나를 기쁘게 해주던 환상적인 디저트와 장인들을 떠올리면, 나는 그 모두를 세운 줄 가장 끝에 초라하게 붙어 있었다. 그러면 사라진 줄 알았던 고민들마저 줄줄이 되살아났다.

'역시 괜한 도전일까. 대단한 실력자가 이렇게 많은데. 좋아하는 마음만 믿고 시작한 건 좋은 선택이 아니었을까.'

더구나 어쩌다 코로나 시국의 창업자가 되고 나니 퇴근길엔 수시로 그런 생각이 물먹은 솜처럼 무겁게 내려와 나를 눌렀다.

고민은 한번 틈을 보이면 이때다 싶어 몸집을 키우며

제 자리를 늘려간다. 그리고 능숙하게 생각을 조종한다. 가게를 시작한 첫해 여름이 그랬다. 초보자가 빠지기 쉬운 자괴감의 골짜기에 제대로 걸려들었다. 마음의 상태와 별개로 직접 하지 않으면 저절로 돌아가는 것 하나 없는 자영업자 처지라 몸은 여전히 바쁘게 굴렀다. 일단 출근하면 습관처럼 팟캐스트를 켜고 청소하는 것으로 일과를 시작한다. 그런데 어느 날 화이트노이즈처럼 흘려듣던 팟캐스트 진행자의 한마디가 귀에 확성기를 대고 말하는 것처럼 크게 들려왔다.

진행자가 말하기를 어릴 때는 세상의 작가들을 한 줄로 세울 수 있는 줄 알았다고 했다. 나중에 그게 틀렸다는 걸 알았는데 작가들에겐 각자의 세계가 있고 그건 한 줄로 세울 수 없다는 걸 깨달았다고 했다. 이미 자주 들었던 방송인데도 그 아침 그 말이 처음 듣는 것처럼 새롭게 다가와 위로가 됐다. 구겨져 있던 마음 한 귀퉁이가 펴지는 것 같았다. 디저트의 세계도 그런 게 아닐까. 결국 취향의 문제니까.

'나는 내가 담을 수 있는 것을 그 안에 담자. 굳이 한 줄로 세워서 스스로를 끝자리로 내몰지는 말자.'

어느새 시간은 잘도 흘러 여름의 고민은 진해졌다 흐

려졌다를 반복하며 겨울까지 와버렸다. 크리스마스를 앞둔 주말, 마감 직전에 남자 손님 한 분이 들어오셨다. 근처 사무실에서 야근하고 돌아가는 길에 들른 듯한 차림새였다. 보통 혼자 오는 남자 손님은 말이 없는 편인데 먼저 말을 걸어왔다.

"주말인데 영업하시네요?"

"네, 저희는 월요일에 쉬어요. 주말에 출근하셨네요. 야근도 하시고."

"네, 3주째 야근이에요. 연말이라 일이 많은데 저희 팀은 모두 과, 차장님들이라 사원인 제가 야근하고 있어요."

"연말인데 고생이 많으시네요. 종일 사무실에 혼자 계셨겠어요."

"사장님도 늦게까지 일하고 계시잖아요. 하하."

그러고는 내일도 출근하게 될 거 같다며 웃었다. 순간 오래전의 내가 떠올랐다. 모든 공휴일을 회사에서 보내고 몇 년간의 크리스마스를 사무실에서 보내던 20대의 나. 그래서였는지 내가 할 수 있는 방식으로 작은 응원을 건네고 싶었다. 수고한 누군가의 하루를 매만지는 손길이 예상치 못한 사람의 것이라도 상관없지 않은가. '고생 많으시네요. 피곤하실 텐데 힘내세요' 같은 말 대신 주문한 메뉴와 함께 초코쿠키를 내밀었다. 이런 날엔 달콤한 초코쿠키가 따뜻한 아메리카노와 잘 어울리니까(사실 초코쿠키는 언제든 무엇과도 잘 어울리지만).

"오늘 수고하셨으니까 이건 크리스마스 선물로 드릴게요."

갑작스러운 쿠키가 반가웠는지 손님이 함박웃음을 지었다. 가게에 머문 시간은 5분 남짓이었지만 내가 내민 쿠키와 가게 안에 꾸며놓은 크리스마스 장식과 잔잔한 캐럴이 피곤을 녹이는 작은 위로가 되기를 바랐다. 언젠가 밤샘 대본을 쓰던 날 나를 촉촉하게 위로해준 초콜릿케이크처럼, 친구들에게 별것 아니지만 도움이 되기를 바라는 마음으로 선물했던 디저트처럼, 오늘의 초코쿠키가 작은 도움이 되기를 바랐다. 주문한 메뉴를 받아들고 나가려던 손님이 잠시 멈추고 뒤돌아 큰 소리로 인사했다.

"사장님, 연말 잘 보내세요!"

문이 닫히면서 '딸랑' 하고 도어벨이 흔들리는 순간 마음이 뜨끈해졌다. 코끝이 시큰해지는 것도 같았다. 왜였을까. 내가 처음 디저트를 만들고 싶었던 이유가 무엇이었는지 잊지 말라고 마음을 톡톡 두드려주었기 때문일 것이다. 디저트를 만들고 싶었던 건 이런 이유였는데. 누군가의 하루에 작은 기쁨이 되고 싶었는데. 요즘도 가끔 지치는 날엔 그날을 떠올린다.

이제 시작하는 나는 느리고 서툴다. 그래도 내가 정한 자리에서, 내가 정한 마음으로, 할 수 있는 일을 하다 보면 언젠가 지금보다 더 좋은 디저트를 만들 수 있을 거라 믿는다. 그렇지만 그때도 디저트에 담는 마음은 똑같을 것이다. 첫해 겨울 크리스마스 즈음 만났던 손님을 대하던 마음 그대로.

내일 더
행복할게요

가게를 시작하고 가장 많이 받는 질문 두 가지가 있다.
얼마 전에도 친구가 물었다.

"요즘도 많이 먹어? 보통 가게 하면 질려서 안 먹는다
는데."

"왜? 나는 매일 맛있는데?"

"그렇게 먹고도 안 질려?"

당연하게도 전혀 질리지 않는다. 질리기는커녕 다음
날 출근해서 어떤 디저트를 먹을지 생각하며 설레는 마
음으로 잠이 들기도 한다. 회사 일이 고될 때는 잠들기 전
동료에게 "어떡하지. 벌써 퇴근하고 싶어(출근하기도 전
에 퇴근하고 싶은 마음 다들 알 거다)" 하는 푸념도 늘어났는

데 이제는 설레는 마음으로 잠들 수 있다니 놀라운 축복이다. 부지런히 오픈 준비를 마치고 30분쯤 혼자 앉아 커피와 함께 그날 감성에 어울리는 디저트를 먹을 때면 사장이 되길 잘했다는 생각이 절로 든다. 특히 비 오는 날이면 좋아하는 음악을 틀고 빗소리와 케이크와 커피를 함께 즐길 수도 있다. 소리와 맛, 분위기. 완벽한 삼위일체다. 한 가지 문제라면 너무 많이 먹는다는 것이다. 아침에만 먹는 게 아니기 때문이다. 자투리 반죽으로 구운 것들을 동생은 서비스용으로 따로 포장해두지만 내가 구우면 어김없이 내 입으로 들어가버린다.

"그만 먹고 제발 손님들한테 양보해."

"맛있어서 어쩔 수가 없어. 그래도 큰 거 안 먹고 자투리 먹잖아."

우리 가게 디저트를 가장 사랑하는 손님은 바로 나인 것 같다. 가끔은 동생 몰래 먹거나 간절하게 먹고 싶은 마음을 억지로 참아본다. '내가 사장인데 이런 거 하나 마음대로 못 먹나' 하다가도 한편으로는 '내가 사장인데 이러면 안 되지' 하는 마음이 든다. 치열한 내면의 싸움에서 나는 대부분 전자의 편을 들어준다. 누군가 매장 재고관리에 대해 물으면 나는 차마 민망해서 말을 아끼고 동생은 당당하게 말한다. "언니가 다 먹어요."

그렇게 매일 먹어도 나에겐 여전히 맛있다. 같은 것도 만들 때마다 미묘하게 차이가 있으니 늘 새롭다. 가끔 손님들이 "어떤 게 제일 맛있어요?" 하고 물으면 뭐라 답해야 할지 난감하다. '그냥 하는 말이 아니라 제 입에는 정말로 다 맛있는데, 이렇게 말하면 상술이라고 생각하실 것 같아서 뭐라고 해야 할지 모르겠어요' 생각하다가 "어떤 맛을 좋아하세요? 취향에 맞춰 권해드릴게요" 한다.

최근에는 동생 지인이 가게에 왔다가 포장해 간 피낭시에를 맛보고 무척 맛있다는 말을 전해왔다. 그 말을 듣고 동생은 이렇게 말했다.

"응. 재료를 좋은 걸 쓰거든. 우리 언니가 먹어야 돼서."

틀린 말은 아니지만 그래서 너는 내가 많이 먹는 게 자랑스러운 거야? 싫은 거야? 가게를 시작하고 매일 먹고 있지만 나는 아직 질리지 않았고, 다만 건강을 위해 적정량을 먹어야 한다고는 생각한다. 가장 행복하면서도 괴로운 근무 환경 속에 있는 사장의 딜레마다.

"그렇게 먹어도 안 질려?"만큼 많이 받는 두 번째 질문은 "회사 다닐 때보다 좋아?"다. 마지막 퇴사 후 하프타임을 가질 때, 오랜만에 만난 전 직장 동료가 물었다.

"보미 님은 요즘 행복하세요?"

"네, 저는 요즘 좋아요."

망설임 없이 대답이 나와서 스스로도 놀랐다. 다시 생각해도 그 말은 진심이었다. 확실한 것은 아무것도 없지만 좋아하는 것을 온전하게 즐기고 있다는 것 때문에 미래가 불안하지 않았고 오랜만에 마음에 걸리는 것 없이 평안한 상태였다. 나의 대답에 동료가 이어 말했다.

"다행이다. 저도 보미 님처럼 행복해질 수 있을 거란 희망이 생기네요."

그 말이 지금도 가끔 생각난다. 나의 행복이 누군가에게 희망이 된다는 사실이 고마웠다. 누구를 위해서 뭘 하지도 않는데, 그냥 내가 행복한 생활을 하는 것이 타인에게 희망이 될 수 있다니. 그 후로 지금까지 "회사 다닐 때보다 좋아?" 하고 질문을 받으면 지금 내 마음이 어떤지 확인해본다. 그 질문은 흙을 한 줌 날려 바람의 방향을 가늠하는 것처럼 나의 방향성을 확인해준다. 질문에 마음을 흘려보면 내가 어느 쪽으로 가고 있는지 알 수 있어서 같은 질문을 여러 번 받아도 지겹지 않다. 이 일을 하는 기준이 '회사 다닐 때보다 좋아'가 될 수는 없지만 내가 괜찮게 가고 있는지 알 수 있는 척도 중 하나인 것은 분명하다. 크고 작은 고민 속에 흔들릴 때가 많지만 그래도 아직은 잘 가고 있는 것 같다.

가끔은 잠들기 전 육체노동의 피곤함과 보람이 뒤섞여 찾아온다. 처음 해보는 육체노동이 버거워서 가게 시작 후 처음 몇 달은 밤에 누우면 손목이 시큰거리고 종아리가 뻐근하고 발바닥부터 다리가 활활 타는 느낌이었다. 끙끙 앓는다는 말은 정말 "끙끙" 소리를 입으로 뱉는 거구나 깨달으며 잠들었다. 수시로 병원을 들락거리면서도 생각이 많아지는 날은 일부러 아침부터 퇴근할 때까지 한숨 돌리지 않고 몸을 움직여 마음의 온도를 식혔다. 내가 해야 할 일이 할 수 있는 일이라는 사실에 감사하면서 피곤한 하루를 보낸 후엔 누가 묻지 않아도 스스로 질문을 던져본다.

"회사 다닐 때보다 어때?"

여전히 답은 변하지 않았다.

가게를 하면서 다양한 마음의 부침을 겪었지만 아직까지 출근하기 싫은 마음이 든 적은 없다. 그러니까 아직 행복하다. 이 즐거움이 언제 낡고 닳을지 모르지만 그런 걸 미리 당겨 걱정하지는 말아야겠다. 뇌과학자 정재승 박사님이 한 TV 프로그램에서 이렇게 말한 적이 있다.

"행복은 예측할 수 없을 때 더 크게 다가오고, 불행은 예측할 수 없을 때 감당할 만하다."

그러니까 행복이든 불행이든 앞서 예측하지 말자. 어차피 예측한 대로 되지도 않을 텐데. 원하는 걸 만드는 설렘과 그걸 테이블에 내려놓을 때마다 오는 긴장을 즐기면서, 누군가에게 힘과 위로를 건네는 동시에 나의 행복을 채워야겠다. 먹는 행복과 만드는 행복, 나누는 행복까지 즐길 수 있는 지금, 갑자기 닥치는 행복을 크게 누리고 갑작스러운 불행을 그럭저럭 감당해야겠다.

내일은 오늘보다 더 행복할 수 있게, 그 행복을 오래오래 즐기기 위해 오늘도 내 자리에서 부지런히 몸을 움직인다.

editor's letter

책을 만들며 평소보다 많은 빵을 먹었어요.
고소한 맛과 향이 생생하게 그려지는 문장에 발길이 제멋대로 빵집으로 향하더라고요.
먹는 빵순이가 만드는 빵순이가 되어가는 과정도 흥미진진하지만,
제게는 베이킹이 몰입과 정비와 기대의 시간이라는 측면이 크게 와닿았어요.
지금 머릿속이 복잡하다면, 일상에 재정비가 필요하다면, 기대할 내일이 필요하다면,
빵을 한번 구워보는 건 어떨까요?
분명 오늘이 더 달콤하고 다정해질 겁니다.